CORONIMA X

2050
Wer regiert jetzt die Welt?

Hinrich Hans Pries

AF176675

HINRICH HANS PRIES

2050
WER REGIERT JETZT DIE WELT?

Impressum

1. Auflage 2022
Copyright © 2021 Hinrich Hans Pries
Am See 2, 27777 Ganderkesee

Umschlaggestaltung: Constanze Kramer,
coverboutique.de

Bildnachweise: © Rushvol – shutterstock.com;
© Gilang Prihardono – stock.adobe.com;
© Pixabay

Satz: Constanze Kramer, coverboutique.de

Verlag: Hinrich Hans Pries,
Am See 2, 27777 Ganderkesee

Herstellung und Verlag:
BoD – Books on Demand, Norderstedt

ISBN 978-3-75578-165-3

Alle Personen in dieser Geschichte sind erfunden.
Irgendwelche Ähnlichkeiten sind rein zufällig.

Für die Liebe
Für die Freiheit
Für unser Leben

Vorwort

Die Menschheit hat die Weltkriege überstanden, auch den Kalten Krieg.

Als angeblich ewiger Kriegstreiber wurde Deutschland degradiert. Die Deutschen gewöhnten sich schnell an die neue Rolle. Als echte Belohnung dafür: Flüchtlinge, Finanzkrise und Ramstein mit all seinen Drohnen.

Unsere Politiker gewöhnten sich an die Adjutanten-Rolle. Sie beklatschten die Amerikaner, die immer wieder irgendwo einen neuen Krieg erfanden, und schimpften auf die Russen, die sich nicht an die Demokratie gewöhnen konnten.

Dann kam Corona X – die Stunde der deutschen Politiker. Das Adjutanten-Wesen wurde getauscht gegen die Bürokratie. Unsere Minister teilten sich auf in drei Sorten. Die erste Gruppe wollte möglichst keine Bürokratie; die hatten keine Chance. Dann die zweite Gruppe: nicht ganz so viel Bürokratie; sie kämpften wie Sancho Panza bei Don Quijote. Die echten Bürokraten indes waren die strahlenden Sieger. Bei jedem Murks klatschten sie sich auf die Schulter und merkten gar nicht, dass wir auf der Bestenliste der Corona-Kämpfer immer mehr nach unten rutschten. Als wir bei Stelle 101 ankamen, meinte unser Oberbürokrat: immer noch besser als der hundertneunundneunzigste zu sein.

Doch plötzlich wurde alles ganz anders. Die Geldmafia hatte die Nase voll von dem Hickhack in der Welt. Schaffte zwar die Bürokratie nicht ab aber dafür die Demokratie. Anstelle der Demokratie regierte jetzt das große Geld die Welt. Aus der einigermaßen schönen alten Welt wurde eine neue Scheißwelt. Hauptsache, einige verdienten kolossal an dem Elend der anderen. Die Welt teilte sich auf in Ciceronen und Hippokraten.

Die Ciceronen, also die Geldmafiosi mit ihren Handlangern, huldigten Cicero und seinem Ausruf: Keine Festung ist so stark, dass Geld sie nicht einnehmen kann.

Gleichzeitig folgte eine immer größer werdende Mehrheit dem Weisen Hippokrates, der sagte: Nichts ist beständiger als der Wechsel.

Der Verfasser dieses Buchs versucht nun herauszufinden, wer von den beiden wohl siegen wird.

1

Ich bin Friederike, Friederike Brinkmann. So heiße ich immer schon. Ich glaube, seit meiner Geburt. Doch das stimmt gar nicht. Schon vorher hieß ich so. Es war so gemütlich in Mamas Bauch – bis Oma kam. Die hieß auch Brinkmann, glaube ich.

Wie gesagt, alles war gemütlich. Mama hat mich immer gestreichelt und meistens dabei gesungen. Ich glaube Mezzosopran. Oh, wie war das schön! Seitdem liebe ich Mezzosopran. Papa hat nicht gesungen. Er hat mich nur gestreichelt und geküsst und er sagte mit seiner tiefen Stimme – ich habe krampfhaft überlegt, ob Bass oder Bariton – so was wie: »Ich liebe unsere Kleine, die wird bestimmt hübsch, vielleicht noch hübscher als du, Vanessa.« Ich kann mich nicht mehr erinnern, ob ich damals schon den Kopf schütteln konnte, aber denken konnte ich bereits. Oh, Papa, du bist ein echter Blödmann. Mama blieb trotzdem ganz ruhig. Ich glaube aber nur äußerlich.

Dann kam Oma.

»Die Kleine heißt Friederike, so wie ich!«

Papa sagte: »Frieda, ich weiß, du magst Frieda nicht hören. Meinst du nicht, dass Friederike etwas altmodisch ist?«

Und Opa wollte auch etwas dazu sagen.

»Du hältst dich zurück, Eduard!«, meinte Oma, »Am besten, ihr beiden Männer haltet jetzt die Klappe. Ich regle das mit Vanessa, meiner Schwiegertochter.«

Seitdem hieß ich also trotzdem Friederike. Und Mama, irgendwie habe ich das gemerkt, sie hatte gelächelt, als sie mich streichelte.

»Du brauchst keine Angst zu haben. Ich nenne dich Rieke. Und wenn du anfängst zu sprechen, dann nennst du Oma nur Frieda, bitte, nur Frieda, damit sie sich ärgert!«

2

Irgendwann war ich erwachsen, saß im Café Monopol. Auf dem Tisch lag eine gelbe Nelke. Wir warteten, wir beide, die Nelke und ich. Auf wen eigentlich? Ah, er ist schon da – mit einer gelben Rose. Ganz passabel, nicht die Rose, er. Ungefähr zehn Zentimeter größer als ich, so etwa eins achtzig, ziemlich dunkle Haare, zumindest die, die noch dran waren.

»Entschuldige, bitte, ich bin drei Minuten zu spät, Friederike. Ich darf doch Friederike sagen?«

»Sag lieber Rieke zu mir.«

Ich dachte wieder an Oma. Die war immer lieb zu mir, zu allen übrigens. Und geschimpft hatte sie nie, nicht mal gemeckert. Komisch, irgendwie hatte sie so eine Ausstrahlung. Die Leute glaubten ihr schon, bevor sie überhaupt was gesagt hatte. Meinte zumindest Papa, ihr Sohn.

Sie wurde allerdings böse, wenn alle Rieke zu mir sagten anstatt Friederike.

»Die heißt Friederike, das bleibt so!«, sagte Oma, »ein schöner altdeutscher Name. Ich kann diesen modernen Schnickschnack nicht leiden.«

Oma wusste genau, was sie wollte. Mein Opa Eduard, mein Papa Robert und meine Mama Vanessa machten letztlich alles, was Oma Frieda wollte. Das glaubte sie zumindest.

Scheiße, ich hatte so viel von Oma geerbt. Meine ersten beiden Männer hielten das nicht aus und haben das Weite gesucht. Und jetzt dieser Isländer. Wie hieß der noch? Ich will den ja nicht als Mann. Es geht um unsere miese Welt, Politik und Wissenschaft. Ich bin unter anderem Journalistin geworden, Spezialgebiet Klima und Politik. Und er, der mit der gelben Rose, ist Erfinder und Professor, nicht in Reykjavík, sondern hier in Berlin. Verdammt, ich habe seinen Vornamen vergessen. Und dann hat er sogar dunkle Haare. Ich dachte, alle Isländer wären blond!

»Zu deiner Beruhigung, ich heiße Hekli. Nein, nicht richtig. Die nennen mich nur so. Korrekt heiße ich Kevin Sigurdson, aber nur auf dem Papier. Du kannst mich nennen, wie du willst.«

Mir egal, nur fehlt mir da etwas der Zusammenhang, modern ausgedrückt: der Kontext.

»Das ist eine saublöde Geschichte. Wir haben einen Vulkan namens Hekla, der ist immer noch aktiv, so alle zehn Jahre, hin und wieder. In der Schule war ich ziemlich ruhig. Ich dachte immer an was anderes, träumte von Erfindungen, zum

Beispiel, wie man das Wetter auf Island wärmer machen könnte. Einer unserer Lehrer merkte das und meinte, er könnte mich etwas aufrütteln. Vor der Klasse verkündete er dann: ›Wir müssen den Kevin mal in Bewegung bringen wie den Hekla, mindestens einmal in zehn Jahren. Plötzlich wurde ich aktiv. Hekla mochte ich nicht, dann lieber Hekli. Es wurde abgestimmt, wie das auf Island so üblich ist. Ab da hieß ich Hekli. Du kannst dir das aussuchen, wie ich ja vorhin schon gesagt habe.«

Nun also Kevin alias Hekli. » Ich will mehr von dir wissen. Ich nehme an, die Schule hast du einigermaßen geschafft. Was dann? Ich möchte alles wissen.«

»Das wäre eine längere Geschichte. Die willst du doch gar nicht hören, oder? Allerdings, so richtig langweilig war das nie.«

»Los, erzähl. Ich sag dir hinterher, ob langweilig oder nicht.«

»Okay, dein Risiko. Also: Wir hatten einen Leichtathletikwettkampf der skandinavischen Länder bei uns in Reykjavík. Ich war ganz gut im Stabhochsprung, zumindest für isländische Verhältnisse. Einige hofften sogar, ich könnte das gewinnen. Nun gab es da eine Vorgeschichte. Am Abend davor hatte ich Streit mit meiner Freundin Annalena, der Tochter des deutschen Botschafters bei uns. Sie meinte, es hätte keinen Zweck mehr mit uns beiden.«

»Das passiert aber doch oft bei jungen Leuten. Habt ihr euch denn wieder vertragen?«

»Ja, aber wie! Aber erst mal zu Annalena. Logischerweise war sie hübsch, echt hübsch, sportlich und sie konnte vier Sprachen, neben Deutsch und perfektem Isländisch noch Dänisch und Englisch.«

»Chapeau, wie hat sie das denn fertiggebracht?«

»Als sie noch ganz klein war, hat ihr Vater als deutscher Botschaftsangestellter in Kopenhagen gearbeitet. Im Kindergarten hat sie automatisch Dänisch gelernt und dann in der Amerikanischen Schule natürlich Englisch. Zu Hause hat ihre Mama ihr vernünftige deutsche Rechtschreibung beigebracht.

Doch zurück zum Stabhochsprung. Es fing ganz gut an. Man muss eine ziemliche Strecke laufen, um den richtigen Schwung zu bekommen. Ich lief also los, aber unterwegs fiel mir Annalena ein: Die will nicht mehr mit mir. Was für eine Scheiße! Verdammt, ich muss ja noch springen. Tat ich auch, nur nicht über die Latte, sondern drunter. Zuschauer, die das nicht richtig mitbekommen hatten, klatschten schon, aber die meisten fingen an zu buhen, dann buhte das ganze Stadion.

Wie ein begossener Pudel versuchte ich wegzutrotten. Da stand plötzlich Annalena vor mir. Sie nahm mich in den Arm. Sie hauchte mir ins Ohr: ›Das war der grandioseste Stabhochsprung, den ich je gesehen habe. So elegant unten durch hat das noch niemand geschafft. Du bekommst eine Belohnung: Wir heiraten, so schnell wie möglich.‹

Selbst Papa der Botschafter fand das prima, dass seine Supertochter einen Studenten heiraten wollte.«

»Was ist das für eine schöne Geschichte! Und? Habt ihr geheiratet?«

»Ja, klar! Und als ich mit der Uni fertig war, kamen die beiden Babys, Zwillinge. Annalena hat ihre Babys aber nie kennengelernt. Fast das ganze Krankenhaus hat um sie gekämpft. Sie hat es leider nicht geschafft.«

»Das tut mir leid, sehr sogar. Aber wer hat sich um die Babys gekümmert?«

»In erster Linie ich. Die Uni hatte mir, ich war gerade Jungdozent geworden, ein Jahr Babyurlaub gegeben. Dann waren da die beiden Omas, die haben sich die Zeit geteilt. Meine Schwiegermutter reduzierte ihren Job in der Botschaft auf halbtags und die andere Hälfte des Tages übernahm meine Mama. Oft brachte sie meinen Vater mit. Der war schon etwas tüdelig, saß meistens nur vor den Kinderbettchen und sagte immer wieder: ›Was für ein Wunder!‹«

»Und wie habt ihr die beiden genannt? Anna und Lena?«

»Genau. Anna und Lena, im Andenken an ihre Mama. Beide bekamen noch einen zweiten Vornamen dazu, so wie ihre Omas hießen: Katharina, die Botschafterfrau, und Solay, meine Mama.

Als die beiden älter wurden, vielleicht zehn, schmiedeten sie mit den beiden Omas ein Komplott: Papa braucht eine Frau. Ich hatte mich mit Händen und Füßen gewehrt. Was sollte ich denn mit einer Frau? Ich hatte die beiden fast immer lieben Mädchen und zwei fast immer liebe Omas. Da noch eine mehr? An der Uni liefen schon genug davon rum. Irgendwann haben die es dann doch aufgegeben.«

»Hört sich toll an. Deine beiden Töchter sind doch jetzt erwachsen. Erzähl ein bisschen mehr davon!«

»Was interessieren dich die Geschichten von kleinen süßen Mädchen?«

»Du Blödmann, das ist doch echtes Leben. Bevor du Streit mit mir suchst, erzählst du weiter! Was ist aus den beiden geworden?«

»Die hatten das Talent meiner Frau geerbt. Beide konnten schnell Sprachen lernen. Annalenas Eltern sprachen natürlich Deutsch mit den beiden. So wuchsen sie zweisprachig auf, denn ich sprach selbstverständlich Isländisch mit ihnen.«

16

»Und Englisch? Ich glaube, gehört zu haben, dass alle Isländer irgendwie auch Englisch können.«

»Stimmt. Wir, also die beiden Omas und ich, hatten eine Schule ausgesucht, an der Englisch ein besonderer Schwerpunkt war. Damit waren wir aber noch nicht durch. Denn meine Schwiegermutter hieß zwar Katharina, aber dass sie Italienerin war, wusste ich gar nicht – bis mein Schwiegervater mich fragte, ob ich einverstanden wäre, es für die beiden mal mit Italienisch zu versuchen. Klar wollte ich. Das dauerte gar nicht lange, da brabbelten die schon in ihrer neuen Sprache. Und mich zogen sie damit auf, da ich kein Wort davon verstand. Ergänzend muss ich dazu sagen, dass sie ziemlich intensiv damit beschäftigt waren, mein Deutsch, was ich durch Annalena so einigermaßen gelernt hatte, richtig aufzupolieren.«

»Das haben die prima hinbekommen. Du hast noch keinen einzigen Fehler gemacht.«

»Du glaubst gar nicht, wie mühsam das ist. Ich dachte, mit ein paar Fehlern könnte man prima leben. Nobody is perfect und so. Das lief aber anders. Egal welche – eine von den beiden erklärte mir laufend: ›Isländisch kannst du ja, logisch, und dein Englisch ist ganz passabel. Du sprichst jetzt aber nun so lange Deutsch mit uns, bis du einen Fehler gemacht hast.‹«

»Und wie oft haben sie dich dabei erwischt?«

»Nicht so oft. Um sie zu beruhigen, habe ich absichtlich etwas Falsches eingeschoben. Dann hatte ich meine Ruhe.«

»Haben die dein Schummeln nicht bemerkt und es einfach so akzeptiert?«

»Von wegen. Hast du schon mal mit zwei fast erwachsenen Mädchen eine Kissenschlacht gemacht?«

»So etwas zu hören, macht mir richtig Spaß. Und was machen deine Mädchen jetzt?«

»Du hörst ja doch nicht auf, noch mehr hören zu wollen. Deshalb erzähle ich weiter. Als sie sechzehn waren, versuchten sie einen Deal mit mir: ›Papa, wir haben mit der Schule vereinbart, für ein Jahr als Austauschschüler nach Frankreich zu gehen. Wir kommen erst wieder zurück, wenn du eine Frau hast!‹«

»Hattest du eine oder hast du versucht, dich dadurch zu mogeln?«

»Gemogelt. Ich liebe Kissenschlachten.«

»Und was machen deine beiden Lieben jetzt?«

»Katharina ist Kinderärztin geworden, mit einem IT-Forscher verheiratet und lebt in Kalifornien. Ich werde bald Opa. Und Solay lebt als Spezialistin für Vulkane und Erdbeben in der Toskana, wo ihre Oma herkam. Italien hat zwar weniger Vulkane als Island, aber genügend Erdbeben haben alle beide. Ihr Freund ist Deutscher und macht dasselbe. Beide haben ein Gerät entwickelt, um Erbeben vorherzusagen. Testgeräte haben sie überall in Europa deponiert, auch auf Island. Sie leben in Florenz und haben einen Riesencomputer, der alles anzeigen soll. Ob Erfolg oder nicht – das hängt vom nächsten Erdbeben ab.«

»Geräte, um Vulkanausbrüche und Erdbeben vorherzusagen, gibt es, soweit ich weiß, zur Genüge. Ich glaube allerdings, dass Seismografen erst ein Erdbeben anzeigen, wenn es schon anfängt, richtig?«

»Stimmt. Sie helfen dadurch nicht wirklich. Es passieren immer wieder plötzliche Katastrophen. Solay und ihr Freund arbeiten mit Schwingungen. Die gibt es überall, auf und in der Erde inklusive der Erdkruste. Tektonische Veränderungen der Kruste verursachen Erdbeben, starke oder auch ganz schwache. Letztere gibt es selten auch in Deutschland: in der Eifel und in Südbaden. Am intensivsten sind sie bei den Feuerringen rund um die Welt und dazu gehören auch Island und Italien. Die Schwingungen der tektonischen Verschiebungen sollen früher angezeigt werden. An so etwas arbeiten die beiden.«

»Ich wünsch den beiden, dass es funktioniert. Das wäre ein Segen für die Menschheit!«

»Und was die Haare betrifft, liebe Rieke, in Island gibt es Typen mit sogar richtig dunklen Haaren. Woher das kommt? Vielleicht gab es dort ja eine Urbevölkerung, bevor die Wikinger so um 900 nach Christus dort einwanderten. Oder die kommen von den Galeerensklaven der Römer.«

»Und was macht ein solcher Sklavennachfahre hier in Berlin? Sklavenhandel ist doch seit einer Ewigkeit verboten!«

»Glaubst du! Anscheinend wird die Sklaverei wieder neu erfunden, zum Beispiel um die Menschheit durch spezielle Corona-Mutationen erneut ins Unglück zu stürzen. Können wir uns wehren? Oder bleibt es beim ›Fressen oder Gefressen-werden‹«?

»Als Ersatz für die Atomwaffen, die es ja nicht mehr gibt, hat man jetzt die Viren, um die Menschen auszunutzen oder auszurotten. Nein, ›ausrotten‹ wird gestrichen. Durch wen kann man denn sonst Kohle machen, wenn niemand mehr da ist!«

»Dass ich laufend darüber schreibe und diese Halunken verdamme, die die Menschheit mit Corona X beglücken, nur um damit Kasse zu machen, bringt überhaupt nichts, zumindest nicht in Deutschland. Hier haben wir weder die Macht noch die Mittel, etwas dagegen zu tun.

Aber ich wiederhole meine Frage: Weshalb bist du eigentlich in Berlin? Ich habe Hunger, wir essen was und dann erklärst du mir haargenau, wie ihr, du mit Berlin, diese Scheißwelt ändern wollt – verbessern natürlich.«

»Einverstanden, Rieke. Als Erstes eine spezielle Frage: Wir hatten doch Rosen vereinbart. Und du kreuzt hier mit einer Nelke auf. Sag bitte nichts, lass mich mal raten, du gehörst zu einer besonderen Sorte von Frauen, die so ihre eigene Meinung haben und die, wenn es sein muss, sogar dafür kämpfen. Ich habe gerade entschieden, mich da rauszuhalten.«

Ob der gemerkt hat, dass ich ein bisschen bin wie meine Oma? Soll ich dem was von meiner Oma erzählen? Lieber nicht! Also, ich musste zwei Pfeifen von Männern überstehen. Was jetzt? Einen Isländer oder die Rettung der Welt? Was ist wichtiger?

Er meinte: »Ich liebe solche resoluten Frauen, die sich der bedenklichen Auffassung hingeben, Männer seien höchstens ein notwendiges Übel. Versteh mich bitte nicht falsch: Wir sind doch hier, um ein politisch-wissenschaftliches Gespräch zu führen. Und wenn diese resolute Frau auch noch so attraktiv ist?«

Schluss jetzt! Es geht nur um Resultate. Verdammt. Irgendwie hatte ich mir die viel schlimmer vorgestellt.

Ich ihn auch. Doch man soll den Tag nicht vor dem Abend loben.

»Fangen wir mal mit den Tatsachen an. Corona war so gut wie besiegt. Jetzt tauchen Mutationen auf, die sich weder durch Medikamente noch durch Impfungen beeinflussen lassen. Wir müssen wieder ganz von vorne anfangen. Genauer gesagt, wir alle stehen vor einer neuen weltweiten Katastrophe, oder?«

»Hoffentlich nicht. Wir haben zwei Herausforderungen: erstens die Pandemie selbst und zweitens die Verursacher. Nummer zwei ist das Wichtigere und vielleicht das, womit wir anfangen sollten.«

»Verstehe ich. Bei der letzten Pandemie gab es immer wieder den Vorwurf, sie sei künstlich produziert worden. Das wurde ja nie bewiesen oder widerlegt. Trotzdem geht es nun wie aus heiterem Himmel wieder los. Nachdem wir so gut wie durch waren, taucht plötzlich diese Mutation auf – also das ganze Theater noch mal von vorne und alles nur wegen der vielen Kohle. Habt ihr jetzt eine Idee, was Vernünftiges dagegen?«

»Eben nicht, deshalb müssen wir doch versuchen, die Drahtzieher aus der Reserve zu locken.«

»Zwei simple Fragen: Wir sind ohne Medikamente und Impfstoffe für diese neue Variante. Wie soll das weitergehen? Und wozu braucht ihr da die Presse, also uns?«

»Ich fang mal mit dem pharmazeutischen Teil an. Da ist Berlin führend, deshalb bin ich hier. Wir forschen rund um die Uhr. Diese Mutation ist so völlig anders, auch wenn sie noch Corona heißt. Wir brauchen einfach mehr Zeit.«

»Verstehe. Aber jetzt pfeifen wir erste einmal auf alle Viren und versuchen, das Essen zu genießen.«

3

Rieke dachte nach.

Dieser Kevin alias Vulkan-Hekli tut mir leid. Seine Töchter sind flügge. Und Berlin erweist sich als Flop. Dieser Isländer, übrigens der erste dieser Gattung, den ich kennenlernen darf, scheint ganz nett zu sein. Quatsch, der ist richtig sympathisch, du liebe Zeit, der ist sogar supersympathisch. Rieke, Rieke! Nach der Pleite mit deinen beiden ersten Männern hast du dir doch geschworen, dich mit Männern nie wieder einzulassen. Und ausgerechnet Corona X serviert dir dann dieses Prachtexemplar!

Dieser verdammte Kerl, fast vom Nordpol. Bestimmt unbrauchbar. Der hat fast zwanzig Jahre nur für seine Töchter gelebt mit Mutter und Schwiegermutter als Zugabe. Der weiß vielleicht gar nicht mehr, wie das geht. Lass die Finger davon! Oder vielleicht doch mal versuchen? Nein, stolpere nicht in dein Unheil. Denk lieber nach. Worüber? Über Männer, den Nordpol und Corona!

Wie hatten die das mit der Abschaffung der Atombomben hinbekommen? Da hatte doch niemand mit gerechnet, auch nicht mit den positiven

Folgen. Die ganze Welt wurde dadurch durcheinandergebracht, war aber plötzlich viel schöner.

Die USA wurden ohne Atomwaffen zum zahnlosen Papiertiger. China zerbröckelte in Einzelstaaten, nachdem ihnen deutsche Politiker das Supersystem Föderalismus schmackhaft gemacht hatten. Dadurch haben die jetzt ungefähr dreißig Ministerpräsidenten, alle mit eigenen echten Superideen, meinen die wenigstens: gute und schlechte, meistens schlechte. Die Chinesen wollen immer alles perfekt machen. Deshalb funktioniert der Föderalismus bei denen auch noch viel kurioser als in Deutschland. Der Staatspräsident hat dort kaum noch was zu sagen. China ist dadurch zum zweiten Papiertiger geworden.

Bliebe Europa: Russland begann, demokratisch zu werden. Der Versuch, Russland in die EU zu bekommen, folgte: von Gibraltar bis Wladiwostok. Deutschland wurde zum Repräsentanten der Technik und Russland für die vielen Rohstoffreserven. Unsere lieben Nachbarn, angeblich hatten wir neuerdings nur noch liebe, fingen an, sauer zu werden. Manche träumten schon vom Dritten Weltkrieg, um die Deutschen an die Kandare zu bringen. Resultat: letztlich geplatzt! Aber warum? Jeder versuchte, seine Einzelinteressen durchzusetzen. Aber am meisten fürchtete man die engere Zusammenarbeit zwischen Russland und Deutschland. Unzählige Konferenzen, endeten meist im Streit.

Zwei Ereignisse brachten die halbintakte Welt aufs Neue durcheinander. Corona war also wieder da: eine Mutation, noch aggressiver als die ursprüngliche. Nichts half dagegen. Es begann In Mittelamerika, wanderte im Süden bis Brasilien und im Norden bis in die USA, dann ähnlich wie bei Corona I und II irgendwann in die ganze Welt.

Ereignis zwei: Das große Geld war wieder da und versuchte, die Welt zu dirigieren, besser gesagt: zu regieren. Durch den Wegfall der Atomwaffen und Waffen allgemein war die Welt plötzlich zu friedlich geworden.

Friedlichkeit bedeutete für die Geldmafia: keine Zukunft. Hier und da ein kleiner Krieg, dann ein großer, und schon wäre alles wie früher. So wünschten sich das die Geld-Haie.

Und jetzt saßen da zwei in Berlin, die quirlige Enkelin, die schon zwei Männer verbraten hatte, und der besonnene Isländer, der die Sache mit den Frauen eigentlich schon abgehakt hatte. Und die wollten die Welt retten?

»Im Moment deute ich das nur mal an. Aller Voraussicht nach haben wir einen Weg gefunden. Denk an den Spruch, der Weg ist das Ziel. Ich erkläre dir das genauer beim nächsten Mal. Und die

Presse brauchen wir, um gewisse Meinungen weltweit zu verbreiten. Auch das erkläre ich dir beim nächsten Mal.«

»Du Idiot! Du lotst mich hierher nur wegen ein paar Andeutungen?«

»Nein, es gibt einen ganz anderen Grund. Willst du den wirklich wissen?«

»Ja, den möchte ich wirklich wissen.«

»Es könnte sein, dass dir das vielleicht gar nicht gefällt.«

»Könnte sein!«

»Okay, dein Risiko. Ich weiß, wer du bist. Es steht ja alles im Internet. Du bist immer höflich, cool, aber unerbittlich, wenn es um die Sache geht. Und dein Bild im Internet ist, ich sage das mal auf Englisch, klingt weniger grob, also shit. Du siehst, zumindest im Moment, viel besser aus. Und deshalb, last but not least, darf ich dich einmal küssen?«

»Das ist doch Beschiss hoch zwei. Ein hochdotierter Wissenschaftler lädt mich ein. Es ginge um etwas Hochbrisantes, Weltbewegendes. Was kommt dabei heraus? Dieser Mistkerl will mich nur küssen. Ich weiß schon, was als Nächstes kommt: ›Zu dir oder zu mir?‹ Ist das die isländische Tour, es bei mir auszuprobieren?«

»Erstens ist diese Tour, ich meine das Küssen, international. Zweitens, so etwas Blödes: Zum ers-

27

ten Mal denke ich nicht mehr an Corona, sondern habe wie ein pubertierender Pennäler meine Gedanken ganz woanders.«

»Sehr interessant, äußerst interessant. Trotzdem zurück zu deinem Vorschlag: Riskant, aber egal … Küssen, also einmal nur, dann aber richtig.«

4

Eine Woche später.

Hekli lächelt. »Ich freue mich, dass wir uns schon wieder treffen. Ich hätte da einen grandiosen Vorschlag.«

»Und der wäre?«

»Wir fangen da an, wo wir das letzte Mal aufgehört haben.«

»Das könnte dir so passen. Ich nehme mal an, du bist als Isländer auch mit deinen Landessitten vertraut.«

»Richtig. Ich bin mit unseren Landessitten vertraut. Wäre traurig, wenn nicht. Ich gehe mal davon aus, du willst mich reinlegen, sonst würdest du nicht eine solch abwegige Frage stellen.«

»Abwegig ist das gar nicht. Also zurück zu euren Landessitten: Ihr Isländer seid doch so sozial eingestellt, stimmt's? Also: Vor Hunderten von Jahren lebten die meisten Isländer noch alle in Dörfern. Und wenn einer dort krank wurde oder es ging ihm nicht gut, dann haben die anderen Dorfbewohner geholfen, es durfte schließlich niemand verhungern. Sobald er wieder gesund wurde, musste er wieder arbeiten. Ohne Leistung gab es ja nichts zu essen. Soweit ich gehört habe, ist niemand verhungert. Mit anderen Worten: entweder etwas leisten oder es gibt gar nichts, nicht mal einen Kuss.«

»Ab sofort strenge ich mich an. Mit unserem klaren Verstand haben wir beide erkannt, dass wir die Verursacher finden müssen. Sonst geht unsere schöne Welt mit oder ohne Küsse zugrunde. Unsere IT-Spezialisten haben ein Superprogramm ausgetüftelt, um die minimalste Kleinigkeit herauszufinden, mit der wir diese Typen finden können. Doch Fehlanzeige, wir stehen leider wie der Ochs vorm Berg und suchen immer noch.«

»Mit anderen Worten: keine Ahnung, keine Leistung, keine Küsse.«

»Ich dreh den Spieß mal um. Wir fangen mit der Pandemie an. Erinnerst du dich noch, wie die ganzen Atomwaffen und auch die normalen Waffen abgeschafft wurden?«

»Doch, doch, das war eine der genialsten Eingebungen.«

»Ich versuche, das nicht zu kompliziert zu erklären. Du weißt sicherlich, dass jede Materie in unserer Welt Schwingungen hat, und die werden in Frequenzen gemessen: jedes kleine Teilchen in deinem Körper, die Erde, das Universum. Alles hat solche Frequenzen, sogar unterschiedliche, je nach Situation. Diese zu verändern, ist ein riesiger Berg für die Wissenschaft. Und um die Veränderungen der Schwingungen zu nutzen, positiv oder negativ, braucht es ebenfalls einen Berg von wissenschaftlicher Intelligenz, verbunden mit unendlich viel Zeit und Tüftelei. Simpel ausgedrückt heißt das: Wenn man die Frequenzen ändert, kann man die Materie aus dem Gleichgewicht bringen, Gesundheit verursachen oder riesigen Schaden anrichten. Und mit dem Schaden, durch den man andere unglücklich macht, kann man viel Geld verdienen.«

»Herr Professor, das hast du schön verständlich ausgedrückt. Hättest du dir sparen können, weil ich das schon weiß, detailliert sogar. Ich bin nämlich promovierte Quantenphysikerin. Journalistin bin ich nur nebenbei.«

»Frau Doktor, was für eine verrückte Welt! Erstens möchte ich dir gratulieren und zweitens mich darüber freuen, mir weitere Erklärungen sparen zu können. Oder nur ganz kurz: Gegen die Veränderung der Frequenzen kann man sich zwar wehren mit so einer Art von Radar. Das gilt aber nicht für Mikroschwingungen, die durch die Verschiebung um Nuancen entstehen. Das ist schon alles, Frau Doktor Friederike Brinkmann. So heißt du doch, oder hast du den Namen von einem deiner Verflossenen angenommen?«

»Nur beim ersten Mal. Ab dann wieder Brink-
mann. Meine Oma meinte, nichts klingt besser als
Brinkmann. Ich lass mich ja ungern von meiner
Omi manipulieren, aber diesmal hatte sie recht.«

»Deine Omi? Hat die den sechsten Sinn?«

»Nein, ganz anders, sie beeinflusst Menschen,
ohne dass sie das wirklich will.«

»Können wir für einen Moment unsere verrückte Welt vergessen? Deine Oma interessiert mich kolossal, menschlich und wissenschaftlich. Ist das
ihre Ausstrahlung? Erzähl mir mehr von deiner
Omi, bitte!«

»Das mit der Ausstrahlung glaube ich auch.
Willst du das denn überhaupt hören?«

»Ausstrahlung von Menschen, Tieren, sogar
Pflanzen, meine Doktorarbeit. Das war alles nur
Theorie. Ich habe noch nie einen Menschen mit
echter Ausstrahlung kennengelernt. Allerdings …
doch … vor Kurzem … wen wohl?«

»Also, meine Omi ist eine ganze Liebe. Sie liebt
mich, ich liebe sie genauso. Die ist noch ganz schön
fit. Alle Männer sind verrückt nach ihr. Sie interessiert sich nur für Männer in ihrer Familie: drei Enkel und zwei Söhne, einer davon ist mein Papa, und
natürlich Eduard, ihr Mann, mein Opa. Ich glaube, er hat keine eigene Meinung. Er vergöttert seine Frau und liest ihr jeden Wunsch von den Augen

ab. Er nennt sie Friederike oder meistens Friede, ganz selten Frieda. Dann weiß Oma, ah, Vorsicht. Sie sagt dann nichts, guckt ihn nur an. Dann schmilzt er dahin, drückt sie und sagt dann: ›Ach, Friederike, wir sind schon so alt, und ich bin immer noch ein verliebter Jüngling.‹«

»Sie regelt also alles mit ihrer Ausstrahlungskraft? Und wie läuft das mit den anderen in der Familie?«

»Erst mal schimpft sie ganz selten, meckert nie, redet auch nicht zu viel. Aber sie lacht viel und lächelt fast immer. Doch da sind zwei in der Familie, die sie nicht einfach so unbewusst unterbuttern kann. Rate mal!«

»Na du und vielleicht deine Mutter?«

»Haargenau. Ich war noch klein und merkte, wenn Oma mich konditionieren wollte. Dann nannte ich sie Frieda. Ich wusste doch, dass sie das nicht mochte. Sie war traurig, ich auch. Wir haben uns dann gedrückt und arrangiert: Immer wenn ich Frieda sagte, musste sie einen Gang zurückschalten.«

»Klingt erstens prima und zweitens spüre ich, dass du eine ganze Portion von deiner Omi in dir hast. Und wie lief das mit deiner Mutter?«

»Mami hat sich gewehrt. Ich hatte das als Kind schon gemerkt und lange überlegt, ob ich mich da einschalten sollte. Ich wollte doch meine Mami beschützen, ohne meine Omi zu verletzen. Dann merkte ich, dass Mama stärker wurde. Irgendwann ging das wie beim Schach Remis aus. Seitdem sind beide ein Herz und eine Seele. Ich liebte sie noch viel mehr, meine Omi und meine Mami.«

Dieser Nordpoler, wie soll ich den sonst nennen? Arktiker? Klingt nicht so gut. Heklaboy, auch Quatsch. Egal. Der hat mich mit Omi ganz schön durcheinandergebracht. Hm, also diesen Nordpoler lass ich erst einmal außen vor. Mit seinen Frequenzen liegt er leider noch einigermaßen daneben. Nur ist das nicht mein Gebiet. Und Hekli scheint mit seinen Kumpels auf der falschen Spur zu sein. Aber wenn ich ihm das so sagen würde, wäre unsere beginnende Affinität mit ziemlicher Sicherheit im Eimer. Doch was heißt schon Affinität? Den Kerl aus dem Norden find ich super, immer superer. Friederike, versau dir nicht die Chance, endlich mal einen vernünftigen Mann kennenzulernen!

5

Sven sollte das wissen.

Wer ist Sven? Er ist Professor und Gedächtnis-spezialist an einer Uniklinik, in Stettin und Bremen. Was hat Stettin mit Bremen zu tun? Eine fast uralte Geschichte! Tja, als die Welt noch in Ordnung war, als sich alle noch vertrugen, nachdem es keine Atomwaffen mehr gab. Jetzt vertragen sie sich nicht mehr. Warum nur?

Soll ich diese blöde Geschichte jetzt wirklich herunterleiern? Gut, zumindest andeuten. Mensch, das ist schon eine Ewigkeit her. Da hatten sich alle in Berlin getroffen, die Großen der Welt. Alle hatten ihre Frauen mitgebracht, fast kaum zu glauben. Die verstanden sich prächtig und gründeten einen Club. Motto: »Wir retten die Welt, wenn die Männer das nicht schaffen!«

Und die Männer beschlossen eine Dreiteilung der Erde: einmal Amerika von oben bis unten plus Afrika als Beigabe. Dann Asien, ziemlich komplett, aber ohne Sibirien und dem, was früher zur Sowjetunion gehört hatte. Das Dritte war Eurasien von Gibraltar bis Wladiwostok. Alle Weltteile sollten sich gegenseitig befruchten. Keine Kriege mehr, überall Wohlstand und Schluss mit der Armut. Es entwickelte sich prächtig, fast überall, außer in Eurasien. Das sollte ein Staatenbund werden. Dass man keine gemeinsame Hauptstadt fand, war noch das geringste Übel – Hickhack, wo man nur hinsah. Nur bei einer Sache war man sich einig: Eine Annäherung oder sogar Zusammenarbeit von Russland mit Deutschland sollte unbedingt verhindert werden. Polen als Puffer wollte man stärken. Aber wie? Das System der bisherigen EU beibehalten! Fast vierzig Kommissare bildeten die Regierung. Die Folge: Einstimmigkeit für jeden noch so kleinen Mist. Und das Parlament, ersatzweise in Straßburg, solange man noch keine Hauptstadt hatte, durfte nur beraten, oder nur bedingt bestimmen.

Durch die dreijährigen Debatten über Eurasien wurde nicht erkannt, dass sich die Geldmafia mehr und mehr konsolidierte und plötzlich die Sache selbst in die Hand nahm, und zwar in der ganzen Welt. Überall gab es auf einmal nur noch Pseudodemokratien, ganz peu à peu. Man merkte es gar nicht, höchstens, dass Kriege wieder erlaubt wurden, sogar gefördert. Rauschgift gab es auch wieder, offiziell damit jeder so leben könne, wie er es gerne wollte. Die Realität war eine andere. Jeder lebte, wie es die Geldmafia vorschrieb.

Die Geldmafia hatte richtig Spaß an Eurasien. Man ließ sie weiter wurschteln. Jedes Land hatte nun zwar einen Kommissar wie früher in der EU. Sie mussten aber wie gesagt einstimmig abstimmen. Wenn Russland was wollte, konnte Gibraltar, jetzt selbstständig, das verhindern.

Damit Eurasien nicht völlig verarmte, wurden die Gehälter der Kommissare limitiert: hunderttausend Dollar monatlich höchstens und ein Prozent davon musste gespendet werden, für Notleidende: Fußballer zum Beispiel.

Sven Holländer war damals zusammen mit Stefan Kanleitner einer der Wissenschaftler, die für die Abschaffung der Atombomben gesorgt und noch einige sinnvolle Erfindungen mehr gemacht hatten. Jetzt verbot die Geldmafia Sven, weiterzuforschen, und Stefan versuchte man zu eliminieren. Er konnte sich absetzen, lebt nun unter einem anderen Namen. Wo? Nur Sven weiß das.

6

Friederike überlegte.

Ich muss unbedingt mit Sven sprechen, am besten mit Sven und Stefan zusammen. Aber das geht nicht, da alles unter völliger Kontrolle steht, selbst das Darknet, wie Orwell es geahnt hatte.

Warum lassen die mich eigentlich gewähren?

Was tu ich schon? Als Quantenphysikerin arbeite ich brav an der Uni. Wir tun so, als tüftelten wir nur an allgemeinwissenschaftlichen Themen. Wir waren darauf spezialisiert, wissenschaftliche Ausarbeitungen zu veröffentlichen, die so kompliziert waren, dass sie keiner verstand, die Geldmafia garantiert auch nicht.

In Wirklichkeit beschäftige ich mich zusammen mit einigen Kollegen mit Künstlicher Intelligenz, KI. Und was machen wir da? Wir versuchen, ein System zu finden, mit dem wir uns von den Diktatoren befreien können, ohne dass sie es merken.

Omi, hilf mir! Ich erinnere mich noch sehr gut, was du mir erklärt hast: ›Deine Gedanken rotieren? Du willst sie sortieren? Geht nicht? Dann schreist du Scheiße! Nein, so was sagt man natürlich nicht, aber vielleicht etwas Ähnliches. Wie wäre es mit Bullshit, wie Opa manchmal sagt. Und? Geht doch! Das Drehen im Kopf verlangsamt sich. Das Sortieren der Gedanken beginnt.

Jaja, manchmal kommt Mist dabei heraus, aber nicht immer, sagt Omi wenigstens. Und das erlebe ich jetzt. Vielleicht ist das gar kein Scheiß, sondern der sechste oder siebte Sinn. Ich muss versuchen, was daraus zu machen. Was? Diese Geldmafia auf den Mond schießen? Unsinn, die kommen wieder zurück, schneller als man denkt. Zur Venus! Mittenrein! Da ist es schön heiß, ein toller Höllenersatz!

7

Annie.

»Ach, Rieke, wie haben uns so lange nicht gesehen. Ich freue mich riesig. Und du siehst blendend aus. Wie geht es dir? Erzähl, erzähl!«

»Wie immer so, du kennst doch den Spruch: Unkraut vergeht nicht.«

Annie nickt. Dann lächelt sie. »Unkraut klingt gut. Was für eine verrückte Welt! Du weißt doch, dass alles kontrolliert wird. Und was machen wir? Alles, nur um die Kontrolleure durcheinanderzubringen. Was ist nur aus unserer so schönen Welt geworden?«

»Weiß ich zur Genüge. Wir sitzen doch im selben Boot. Jeder arbeitet treu und brav in irgendeinem Job, so wie die Money-Regierung das haben will. In Wirklichkeit versuchen alle, irgendeinen Dreh zu finden, wie man diese Aasgeier endlich wieder loswerden kann. Wir haben einen Algorithmus-Experten, der nach diesem System die idiotischsten Mails entwirft, um diese Parasiten durcheinanderzubringen.«

»Was für eine grausame Welt, schlimmer noch als damals in der DDR. Als wir die los waren und auch das ewige Hickhack zwischen Ost und West, begann doch die schöne Welt, die wir gerne wiederhaben wollen.«

Rieke wird nachdenklich. »Ich war ja noch ein Kind, kann mich aber sehr gut an vieles erinnern. Unsere ganze Familie war politisch angehaucht. Omi war die Schlimmste. Für sie ging es zwar auch um Realitäten, mehr aber um die Hintergründe. Opi nickte dann nur, meinte: ›Ach, Friedi, du hast ja recht, wie immer!‹«

»Und dein Opi? Hatte der nie eine eigene Meinung?«

»Natürlich, uns Kindern hat er das dann erzählt. Und wir sagten: ›Opi, du musst dich wehren.‹ Opi hat dann den Kopf geschüttelt. ›Nein, nein, ich liebe Friedi doch so, wie sie ist. Dat blifft so, jümmer.‹ Wenn er aufgeregt war, sprach er Plattdeutsch.«

»So ein toller Opa. Und war er auch nett zu euch, ich meine: zu seinen Kindern und Enkeln?«

»Ja riesig. Er liebte nur seine Familie. Alle anderen interessierten ihn nicht. Eine Ausnahme, nein zwei: erst einmal Bums. Der heißt tatsächlich so, unser Kater. Das ist sein Liebling, unserer natürlich auch. Dann Richard, unser Hund: Den hat Opi immer gestreichelt, sogar wenn er gerade auf den Teppich gepinkelt hatte. Der Hund natürlich.«

»Schön so eine tolle Familie zu haben. Deshalb bist du aber nicht zu mir gekommen, oder?«

»Nein, aber weshalb eigentlich? Ja, wegen Sven und Stefan.«

»Du weißt doch, Sven gehörte irgendwie zum alten Management der früheren schönen Welt. Er hatte die Translatis erfunden: Geräte, die simultan übersetzen und gleichzeitig die Benutzer dazu bringen konnten, Sprachen viel schneller zu lernen. Diese Translatis werden auch von der Geldmafia benutzt, allerdings in veränderter Form. Sven musste diese Veränderungen veranlassen, sonst hätten sie ihn eliminiert, also umgebracht.«

»Wie ist die Welt grässlich geworden! Solange unsere Quantenphysik im Sinne der neuen Machthaber arbeitet, haben wir die Chance, am Leben zu bleiben. Du weißt doch, dass ich mich auch mit anderen Dingen beschäftige.«

»Ja, natürlich, und auch, wie gefährlich das ist, wenn ihr auffallt. Und deshalb hat Sven versucht, dich hierher zu lotsen?«

»Ich glaube, mich erinnern zu können, dass euer Haus hier völlig abgeschirmt ist, sodass niemand erfahren kann, was hier gesprochen wird. Und haben die das noch nie gemerkt?«

»Glücklicherweise nicht. Trotzdem bleibt das große Risiko. Es geht im Moment um was anderes.

Dazu habe ich eine Frage. Wie weit bist du mit deinem Isländer. Hieß der nicht Kevin?«

»Kevin, genau, aber die nennen ihn Hekli, nach einem Vulkan auf Island. Eigentlich Hekla, aber Hekli klingt besser. Der quält sich, also Hekli, genau wie wir, ein System zu finden, um diese entsetzliche Diktatur abzuschaffen, mit anderen Worten, sie loszuwerden.«

»Also, Stefan mit seiner Frau Renate, Svennie und ich, du und eventuell dein neuer Freund Hekli, wir sitzen alle im selben Boot, nämlich uns von dieser Geldmafia zu befreien, um wieder ein friedliches Leben zu führen, so wie es nach Abschaffung der Atomwaffen möglich war: ohne Kriege und ohne Armut. Die schönste Welt, die es je gab.«

»Oh, das hört sich gut an. Aber wie?«

»Wir vier, du mit deinem Hekli, Svennie und ich, machen eine Urlaubsreise nach Lanzarote. Und was wollen wir da?«

»Genau! Was sollen wir da?«

»Hmm, offiziell Urlaub.«

»Und inoffiziell?«

»Wir versuchen, die Welt zu retten.«

8

Stefan wohnt auf Lanzarote, heißt jetzt Frederico Delgado, spricht perfekt Spanisch mit etwas galicischem Klang, so wie es im Nordwesten Spaniens gesprochen wird. Sven hat dafür einen speziellen Translati, extra für Stefan entworfen. Stefan war zur Persona non grata in der neuen Mafiawelt erklärt worden und konnte sich mithilfe seiner Freunde absetzen. Er musste sich vollkommen verändern, um unerkannt zu bleiben.

Sven hatte lange versucht, Annie zu überzeugen.

»Liebling, ich weiß, ich muss mich von Politik und Forschungen jeder Art fernhalten. Täglich sterben Tausende, sobald sie der Geldmafia nicht gefallen. Diese Entwicklung müssen wir beide verhindern. Das sind wir unseren Kindern schuldig. Wir wollen doch beide, dass sie und unsere Enkel wieder in einer heilen Welt aufwachsen.«

»Was für eine fürchterliche Zeit im Moment! Die Nazis hatten ihre Gegner einfach umgebracht. Die Sowjets schickten alle, die ihnen nicht gefielen, nach Sibirien, wo sie irgendwann krepierten. Die im Westen waren nicht besser, hatten nur andere

Methoden, um unbequeme Leute loszuwerden. Und bei den neuen Machthabern wird man einfach unheilbar, wirklich unheilbar krank.«

»Stefan sollte Lanzarote nicht verlassen. Zumindest dort ist er geschützt. Als IT-Fachmann wird er überall gesucht und geschätzt trotz seines galicischen Dialekts, den er sich beigebracht hat und bewusst beibehält, um seine Eigenständigkeit zu demonstrieren. Wir versuchen, mit Stefan an die Lösung dieses Weltproblems zu kommen. Also: Wir machen Urlaub auf Lanzarote und nehmen Friederike und Kevin mit.«

»Würdest du mir das genauer erklären?«

»Gerne. Rieke arbeitet nach Direktiven der Regierung auf dem Gebiet der Quantenphysik. Nebenbei und unbemerkt versucht bei denen ein kleines Team herauszufinden, wie man sich durch Künstliche Intelligenz von der weltweiten Diktatur befreien kann. Und Kevin, bei seinen Freunden heißt er Hekli – verrückter Name, angeblich nach einem Vulkan, von denen die auf Island genug haben sollen. Also dieser Hekli arbeitet zusammen mit zwei Freunden in ähnlicher Weise wie Stefan an der Veränderung von Frequenzen, allerdings bisher ohne Erfolg.

Ach, liebe Annie, wieder zu reisen, ist nicht so richtig dein Ding. Das weiß ich. Früher, als wir versuchten, Deutschland und Europa interessanter und sogar schöner zu machen, waren wir oft und mit viel Spaß unterwegs. Jetzt habe auch ich keine Lust mehr dazu. Es geht aber nicht um die Reiselust. Wir zusammen müssen mit Stefan, dem Mann mit der größten IT-Erfahrung, versuchen, uns von der Geld-Diktatur zu befreien. Lanzarote kennen wir doch beide noch von früher: mit weißen Häusern, grünen Fenstern und Türen.«

»Stimmt genau, aber auch, dass wir etwas älter geworden sind – ein wenig nur, aber die Welt hat sich geändert. Es lief doch prächtig und wurde immer besser. Und jetzt ist es wieder so mies wie ganz früher. Darf ich ein ordinäreres Wort benutzen?«

»Du meinst ›beschissen‹, und das ist völlig richtig. Lass uns lieber über die Gründe der Reise reden.«

»Ach, Svennie, du hast wie fast immer recht. Ganz kurz zu Renate, der Frau von Stefan. Wir kennen sie beide von früher. Sie kam ja aus München und brauchte Zeit, sich an Berlin zu gewöhnen. Sie möchte gerne Kinder haben. Aber das wäre zu gefährlich, da Stefan Angst hat, entdeckt zu werden.«

»Und ihre Ängste sind berechtigt. Du weißt doch: Wir hatten ihm genug Geld mitgegeben, um das Leben in ihrer neuen Welt zu finanzieren. Davon hatten sie sich einen Weinberg gekauft. Das war früher vulkanisches Gelände. Sie ließen sich darauf ein Haus bauen, erdbebensicher und mit einem Zugang zu dem unterirdischen Tunnelsystem, das fast durch ganz Lanzarote verläuft. Die Behörden wissen nur, dass sich unter seinem Haus ein Gewölbe befindet, denn er durfte es zum Weinkeltern und Lagern benutzen. Wovon die Behörden nichts wissen, ist der angrenzende Höhlenraum, ausgerüstet mit einem modernen Computersystem. Sie wissen auch nichts von dem Zugang zum Höhlensystem, das sich dort anschließt.

Und Renate ist glücklich mit ihrem Kindergarten. Sie kauften ein Hotel direkt am Strand. Sie holten sich einen Fachmann aus Florida, der aus dem Hotel einen supermodernen Kindergarten machte, natürlich für die Inselkinder, aber immer mehr auch für Urlaubskinder, die keine Lust auf Urlaub bei ihren Eltern hatten. Und der Florida-Mann war echt froh, weil er Renate beibringen konnte, wie man in Amerika Urlaubskinder begeistert.

Du, Annie, hast ja den Kindergarten besucht. Ich weiß noch, wie du dich gefreut hast, dass alle Kinder so lustig waren. Und obwohl viele anders gesprochen haben, trotzdem zusammen tobten, tanzten und spielten.

Stefan glaubt, schon so weit zu sein, das neue Virus durch Nuancen seiner Frequenz unschädlich

47

machen zu können – vorerst in der Theorie, da auf Lanzarote noch niemand daran erkrankt ist.

Da man Viren aber immer wieder neu kreieren kann, ist das eigentliche Problem trotzdem ungelöst, nämlich die Drahtzieher zu finden.«

»Genau. Das Virus zu entfernen, ist nur eine Minimallösung. Das Hauptproblem bleibt diese Ignoranten, die Menschen unglücklich machen, nur um daran zu verdienen.«

9

Stefan zeigt ihnen den Weinkeller und öffnet eine Stahltür.

»Von diesen Höhlengängen, die sich an meinen Computerraum anschließen, gibt es viele. Er führt durch einen der Berge. Ich habe eine Leitung bis zur Bergspitze. Dadurch kann ich fast alles empfangen, was da oben durch den Äther schwirrt.«

Rieke ist begeistert. »Und wie kommst du an diese Informationen? Die Höhlengänge sind doch krumm und schief.«

Hekli nickt. »Du willst also das, was an Strahlen und Wellen dort oben ankommt, nach unten schicken. Gehen die denn um die Ecke?«

»Mit Nanotechnik ja, aber die habe ich hier nicht. Immer wenn es hier um die Ecke geht, befinden sich fast unsichtbar kleine Spezialmetallstücke, die die Wellen und Strahlen umleiten.«

»Und geschnappt hat dich noch niemand?«

»So lange ich nur empfange, merkt das niemand. Ich darf nur nicht senden.«

»Ich hoffe, dass du irgendwann herausfinden wirst, von wo aus diese Gangster operieren. Denn dadurch würde alles für uns einfacher.«

»Genau richtig, aber anscheinend doch nicht so einfach. Ich habe diese Anlage noch nicht sehr lange. Ich konnte zwar schon Einiges darüber herausfinden, wie die Mafiosi operieren. Aber wer dahintersteckt? Irgendwann, hoffe ich, weiß ich auch das.«

»Das ist doch eine Riesenanlage mit immenser Kapazität!«

»Ja, ziemlich kompliziert. Wollt ihr alles hören? Okay. Also: Kürzlich strandete hier ein amerikanisches Kreuzfahrtschiff. Alle Versuche, es abzuschleppen, misslangen, obwohl sämtliche beweglichen Teile herausgeholt wurden, um das Schiff leichter zu machen – alles vergeblich. Als das Schiff anfing zu kippen, gab man auf und fing an, alles aus dem Inneren herauszuholen. Interessierte durften das mitnehmen, was noch übriggeblieben war, allerdings nur mit Erlaubnis. Ich bekam eine Genehmigung. Den Computer, den ich dort gefunden hatte, nahm ich auseinander und nahm immer nur ein Teil davon mit, damit es nicht so auffiel. Es war letztlich ziemlich einfach. Am Ausgang war immer nur eine Person, manchmal gar keine. Denn im Schiff war ja an sich nichts Wertvolles mehr. Ich habe darauf geachtet, dass niemals derselbe sehen konnte, was ich dort rausschleppte. Kleinere Teile daraus zu machen, war ziemlich einfach. Das ganze Ding war vielleicht anderthalb Meter hoch und einen Meter breit und bestand aus diversen kleineren Einheiten. Alles, die Kabel und die Teilgeräte, waren nur lose verbunden mit Steckanschlüssen. Nur ein bisschen ziehen, und schon hatte ich in der Hand, was mir als wichtig erschien. Immer höchstens zwei Teile, dann in einen Plastikbeutel. Draußen interessierte das anscheinend niemanden. In einem Beutel konnte man nicht viel Bewegliches mitnehmen. Aber nach diversen Besuchen hatte ich alles Notwendige zusammen.

Den riesigen Monitor, fast zwei Quadratmeter groß musste ich stehen lassen. Den stellte ich vor das Gerüst, was ich entleert hatte. Damit sah es dann so aus, als ob ziemlich kompakt.

Zuhause fing ich sukzessive wieder an, alles zu montieren. Als Monitor hätte zwar meine eigene Anlage gereicht. Aber in Arrecife, der Hauptstadt der Insel, fand ich ein größeres Exemplar bei einem Computerspezialisten. Nach gar nicht langer Zeit war die Anlage zwar funktionsfähig und sah auch komfortabel aus. Nur die Bedienung erschien mir wie ein Brief mit sieben Siegeln. Also musste ich erst mal raten und daran herumfummeln.«

Für Stefan war es wichtig, allein mit Sven sprechen zu können. Renate sollte mit den Mädchen und dem Nordpoler den Kindergarten besuchen. Der Isländer wollte erst nicht, beugte sich dann aber der Überzeugungskraft der drei Frauen.

»Hoffentlich kommen die nicht so schnell wieder. Denn wir haben viel miteinander zu besprechen.«

»Ach, Stefan. Traurig, dass alles so gelaufen ist. Wir kennen uns doch schon seit der Schule. Du warst zwar eine Klasse über mir, aber wir hatten damals schon ein gemeinsames Interesse, nämlich die EDV, elektronische Datentechnik, so hieß es damals, heute IT. Dann unsere gemeinsame Zeit in Kalifornien und hinterher in Berlin. Das waren tolle Zeiten. Die Welt ohne Kriege war doch unbeschreiblich schön.«

»Wir hatten beide Latein, sogar ein Jahr Altgriechisch in der Schule. Erinnerst du dich noch an Aristoteles, den alten Griechen, oder Sophokles, seinen Landsmann, der schrieb: ›Es gibt nichts Schlimmeres auf der Welt als Geld‹? Und einige hundert Jahre später die Römer, Seneca, Ovid und Tacitus. Die alle sprachen davon, dass das Geld die Welt regiert. Oder Cicero: ›Keine Festung ist so stark, dass Geld sie nicht einnehmen kann.‹«

»Dieser Cicero hat die Geldmafia so beeindruckt. Sie wollten ganz schnell die frühere Weltordnung wieder herstellen. Durch Kriege, Armut und Elend, und damit Geld, massenhaft. Und wir, die die Zügel in der Hand hatten, haben diese Tendenz nicht kommen sehen, sind offen in unser Verderben gerannt.«

»Stimmt haargenau. Aber jetzt kommt der nächste Grieche, nämlich Heraklit, der wusste das schon vor 2500 Jahren: ›Es ist nichts beständiger als der Wechsel.‹«

»Grieche hin, Grieche her, Stefan. Ich kenne dich lange genug und spüre, dass deine Nase auf etwas gestoßen ist, auf irgendwie was Besonderes.«

»Im wahrsten Sinne des Wortes. Schau dir diesen Supercomputer hier an. Der macht den Eindruck wie die Unschuld vom Lande, ist aber raffiniert, nehme ich mal an. Weshalb ist das Kreuzfahrtschiff auf Grund gelaufen? Kein modernes Kreuzfahrtschiff tut so etwas, so nahe an die Küste. Sabotage?«

»Sei mir jetzt nicht böse, wenn ich diesen blöden Spruch sage: Du hattest mehr Glück als Verstand, mein lieber Stefan. Ich glaube, das ist dann so gelaufen, da Schlepper das Wrack nicht entfernen konnten. Die hätten das teilweise auseinanderschweißen müssen. Denn dieses Ungetüm vor dem Strand musste weg. Der Computer wäre beim Schweißen draufgegangen oder irgendwohin abtransportiert worden, egal wohin, war doch sowieso alles Schrott. Dass da so ein Verrückter das Ding scheibchenweise rausholt – wer rechnet denn mit so was? Und hast du schon was Wichtiges dabei herausgefunden?«

»Tja, Sven. Noch nicht so richtig. Irgendwie habe ich mal gehört, dass die Geheimdienste, NSA oder BND, anfangen, mit Algorithmen zu arbeiten, was gar nicht so einfach ist. Wie mit allen Sachen in der IT und KI, muss alles bis ins letzte Detail durchorganisiert sein. Wenn nicht, gibt es eine Panne – nein, eine Katastrophe! – nach der anderen.«

»Lass mich mal raten. Dieser Schiffscomputer ist mit dem Geheimdienst der Geldmafia verbunden und arbeitet vornehmlich mit Algorithmen. Stimmt's?«

»Erraten. Ich versuche, mich da durchzuwühlen. Vieles scheint uninteressant zu sein: Daten der Länder, der Regierungen und die Pläne, was getan werden muss, wenn irgendjemand nicht pariert. Leider geht es nur nach Erdteilen. Jetzt bin ich bei Südamerika. Ich fummle noch daran rum, um das System zu finden, um gezielt Länder herauszufinden. Jetzt habe ich gerade welche, wo die wieder den Kommunismus einführen wollen.«

»Das sind nur allgemeine Informationen. Wie das gesamte System funktioniert, konntest du aber nicht herausfinden?

»Völlig richtig, Sven. Anscheinend besteht das System aus zwei Teilen: einmal die allgemeinen Informationen, anscheinend für jeden zugänglich. Aber das eigentliche Herz des Computers ist verschlossen wie ein Grab.«

»Normalerweise fragt man doch nach einem Passwort.«

10

Völlig überraschend sitzen sie wieder in einem Flugzeug.

»Im Gegensatz zum Beschiss in der Welt, sind diese neuen Flieger regelrecht wohltuend, verglichen mit den Touristenbombern in der Vergangenheit.«

»Du weißt nicht, wie das hinten aussieht«, meint Rieke. »Wir sitzen hier hoch und trocken in der Ersten Klasse, schlürfen Champagner und der Pöbel hinten – reg dich nicht auf: das Wort Pöbel kommt von den Römern und die Geldmafia benutzt es ebenso – die kriegen lauwarmes Mineralwasser und müssen das sogar noch bezahlen.«

Annie nickt. »Lauwarmes Wasser. Wenn das stimmt, deckt sich das doch mit der von den neuen Machthabern bewussten Trennung von Arm und Reich, lediglich um uns gegenseitig aufzuwiegeln.«

Hekli stimmt zu. »Ich gebe dir völlig recht. Trotzdem mal was ganz anderes. Denn dieser Champagner kann mich mal. Ich weiß gar nicht, weshalb die Franzosen so scharf darauf sind. Ich bekomme nur Sodbrennen davon. Ein kühles Bier wäre mir lieber. Und dann noch was: Schade, dass wir so Hals über Kopf wegmussten. Irgendwelche plausible Erklärungen gab es ja nicht. Gefahr durch einen Kometen? Das glaub ich nie. Was Blöderes ist denen anscheinend nicht eingefallen.«

»So, wenn ihr mit dem Frust durch seid« knurrt Sven, »ich versuche, euch etwas zu erklären: weshalb Stefan und ich euch in den Kindergarten geschickt haben. Also: Stefan hat zwar seinen Supercomputer zusammengebastelt, aber der will nicht so richtig. Wir mussten mit viel Zeit und Ruhe versuchen, die Dinge zusammenzubringen. Das wäre für euch viel zu langweilig gewesen.«

Hekli ist leicht genervt. »Als Techniker und IT-Spezialist wäre ich gerne dabei gewesen. Egal. Sag mir lieber, ob ihr Erfolg gehabt habt. Ihr wolltet doch bestimmt das Mafianetz anzapfen. Mit Erfolg?«

»Erfolg schon. Leider aber negativ. Es gab immer wieder Berichte, die politische Lage wäre instabil und man würde laufend genauere Nachrichten senden. Tat man auch, nur nichts Genaues. Jeder solle zu Hause bleiben, keine Reisen mehr. Stefan hat versucht, von Offiziellen auf Lanzarote Näheres zu erfahren. Die hatten angeblich alle keine Ahnung. Das hier war der einzige und anscheinend letzte Flug nach Deutschland, nach Hamburg.«

»Sag mal, Sven, seid ihr mit dem Computer denn gar nicht fertig geworden?«

»Bedauerlicherweise nicht. Wir standen vor der Entscheidung, ob ich dableiben sollte. Da die Polizei über Lautsprecher verkündete, Ausländer müssten sofort die Insel verlassen, haben wir entschieden, dass ich mit euch zurückfliege und, sobald sich die Sache geklärt hätte, wieder zurückkommen sollte. Jetzt fliegen wir nach Hamburg und keiner weiß wirklich, warum.«

»Du liebe Zeit!« Annie verschüttet vor Schreck ihr Glas mit dem Champagner, den sie im Gegensatz zu Hekli richtig genossen hat. »Der wendet gerade das Flugzeug. Wir fliegen zurück!«

Dann die Ansage aus dem Lautsprecher: »Wegen politischer Unklarheiten verlangt die Flugsicherung den sofortigen Rückflug nach Lanzarote.«

11

Stefan wartet am Flughafen. Auf den Schildern steht: »Wegen einer eventuellen Beeinträchtigung der Atmosphäre durch einen Kometen sind sämtliche Flüge gestrichen worden. Flugzeuge, die unterwegs sind, müssen den nächsten Flughafen ansteuern.«

Ah, so machen die das, denkt er. Nachdem er vor ein paar Stunden die vier am Flughafen abgeliefert hatte, war sein erster Weg, seinen »Compy« einzuschalten. So nannte er sein neues Spielzeug. Erst wollte er den Computer »Kumpel« nennen, entschied sich dann aber für Compy.

Ich muss dieses verdammte System kennenlernen. Jetzt leiert der nur das runter, was ich anfangs per Zufall eingeschaltet habe. Ah, was soll das denn, da quatscht jemand dazwischen, Sondermeldung. Da bin ich aber gespannt. Wieder ah, es gibt Widerstände in verschiedenen Teilen der Welt? Die Menschheit würde zu zahm behandelt? Man könnte mehr aus denen herausholen? Wenn die Zentralregierung nicht mitspiele, würde man regional eigene Entscheidungen treffen? Dass Menschen dabei draufgehen würden, egal! »Wir haben sowieso zu viel davon. Sobald Näheres bekannt wird, gibt es neue Nachrichten.«

Beim Begriff »regional« horcht Stefan auf. Er denkt an Heraklit, der schon vor 2500 Jahren gesagt hat: »Nichts bleibt ewig«. Was ist in Deutschland in dieser Beziehung schon alles passiert? Die Kurfürsten früher gegen den Kaiser – diese Kurfürsten gibt es immer noch. Die nennen sich jetzt Ministerpräsidenten, manchmal Regierende Bürgermeister. Zuerst waren es nur sieben, zwischenzeitlich haben wir sechzehn. Ich erinnere mich noch daran, als wir eine Bundeskanzlerin hatten. Die hatte es nicht einfach. Es gab so viele Probleme, womit sie fertig werden musste. Und diese Kurfürstennachfolger raubten ihr den letzten Nerv.

Früher machte damit Karl der Große, unser erster Kaiser, kurzen Prozess. Die Sachsen, die keine Christen werden wollten, wurden kurzerhand geköpft, und den aufmüpfigen Bayernherzog Tassilo steckte er einfach ins Kloster.

Später wurde das schwieriger für die Kaiser. Einer von denen, Heinrich IV., hatte es besonders schwer. Die Kurfürsten wollten ihn nicht wählen. Er musste erst zum Papst, zu Fuß durch die Alpen. Nicht direkt, weil die Bayern das nicht wollten, sondern außen rum über Frankreich. Und in Canossa musste er zusammen mit seiner Frau drei Tage lang barfuß darauf warten, dass man ihn einließ. Die Kurfürsten wählten ihn danach zum Kaiser, versuchten aber, immer mehr Rechte herauszuholen. Heinrich rächte sich am Papst dadurch, dass er ihn absetzen ließ. Das einzig Lustige an dieser Geschichte ist, dass die Frauen bei diesem Canossagang – dabei war auch die zukünftige Kaiserin – auf Rinderhäuten die schneebedeckten Berge herunterrutschen durften.

Stefan überlegt. Regional ist vielleicht eher die Chance, diese Geldmafia zu knacken. Er denkt wieder an Karl den Großen: mit der Faust auf den Tisch zu hauen! Das hatte bei dem funktioniert. Der hatte fünf Frauen und achtzehn legitime Kinder. Das ist nicht viel. Dschingis Khan soll über fünfhundert gehabt haben. Genau weiß man das nicht. Das Einwohnermeldesystem funktionierte früher nämlich noch viel schlechter als heute. Doch zurück zu Karl: Irgendwie war er der Erfinder des deutschen Flickenteppichs, der von Jahrzehnt zu Jahrzehnt größer wurde. Napoleon blickte da nicht mehr durch und versuchte aufzuräumen. Nur ist er damit nicht fertig geworden, da die Engländer ihn nach Sankt Helena abberiefen.

Wegen des Flickenteppichs wollte Stefan noch Bismarck in seine Überlegungen einbeziehen. Das ging aber nicht mehr, da er zum Flughafen musste, um seine Freunde erneut zu begrüßen.

12

»Da sind wir wieder. Was für eine verrückte Welt! Was ist mit dem Kometen, von dem wir noch nie was gehört haben?«

»Es gibt keinen Kometen, zumindest keinen, der die Erde bedroht. Compy, ihr kennt doch meinen Compy, der erklärt so einigermaßen die Situation. Da man aber nirgendwo gegen Beschattungen von oben sicher ist, setzen wir uns besser in meinen Wagen, fahren zum Hotel, wo ich schon alles für euch geregelt habe, und unterwegs erkläre ich euch das Wichtigste.«

Sven ist nachdenklich. »Du hast extra deine Edelkarre aus der Garage geholt wegen der Beschattungen, wogegen dein Wagen geschützt ist? Dann erzähl endlich, was du aus Compy herausholen konntest.«

»Ihr wisst, diese Karre, so wie Sven sich auszudrücken pflegte, ist völlig abgeschirmt. Ich kann also alles berichten, ohne dass jemand dahinterkommt, was ich bisher erfahren konnte.

Unsere Geldmafia hat Knatsch miteinander. Bisher war ich der Meinung, da gibt es einen Superboss, wie das bei Diktaturen so üblich ist, der das Sagen hat. Und wer dagegen ist, wird einfach umgebracht. Wie das jetzt bei denen weiterläuft, wissen wir nun in einigen Stunden etwas ausführlicher.«

Rieke wirft ein: »Dass wir so einfach zurückfliegen mussten, habe ich als ziemlich stressig empfunden. Deshalb meine Frage an Stefan: Konntest du mit Compy herausfinden, inwieweit die Geldmafia mit der richtigen Mafia liiert ist? Zumindest die Methoden ähneln sich doch. Übrigens, versteht jemand was von der richtigen Mafia? Du vielleicht, Annie? Du hast doch ein bisschen was mit Italien zu tun.«

»›Ein bisschen‹ stimmt. Ein Viertel von mir stammt aus der Toskana. Dort gab es so was aber nicht. Die Mafiosi sitzen in Süditalien und Sizilien. Die hatten sich die Gebiete aufgeteilt. Vielleicht gab es auch mal Streit miteinander, weiß ich aber nicht.«

Stefan wirft ein: »Alles, was wir bisher wissen, ist doch, dass die Geldmafia weltweit operiert. Anscheinend gibt es dort jetzt eine Änderung. Bisher hatte ein Oberboss das alleinige Sagen und für die einzelnen Regionen Unterbosse, die in erster Linie für das Kassieren der Gelder zuständig waren. Jetzt will einer der Unterbosse eine Hälfte der Welt, aber der Oberboss denkt gar nicht dran.«

»Hört sich doch gut an«, findet Hekli. »Das einzig Blöde ist, dass wir hier auf Lanzarote festsitzen. Du bist der Fachmann hier, Stefan. Was meinst du, wie können wir uns hier nützlich machen?«

»Darüber muss ich nachdenken. Mein Vorschlag für den Moment ist, wenn wir mit eurem Hotel fertig sind, holen wir Renate aus ihrem Kindergarten ab, wollte ich sowieso, und ich habe schon einen Tisch bestellt für ein gemeinsames Superessen.«

Annie ist begeistert. »Und der Tisch – ist der in dem Lokal, das du schon einmal vorgeschlagen hattest, das mit der tollen Aussicht und wo dann doch nichts draus wurde, da wir so schnell abdampfen mussten?«

»Genau das, Annie. Wunderschöne Aussicht über die Insel und das Meer!«

13

»Was Compy jetzt wohl sagt? … Ohne dass ich das richtig beurteilen kann, glaube ich, der berichtet nur, was den Bossen so gefällt«, meint Stefan, nicht sonderlich begeistert. Zumindest könne er nicht mehr aus ihm herausholen.

»Wir nehmen also an, dass das gestrandete Schiff und damit Compy eine Masche der Geldregierung ist. Und die lügen immer, egal was die uns erzählen. Übrigens: Alle Regierungen lügen, nur die diktatorischen noch mehr als die demokratischen.

Wer lässt schon ein Schiff stranden? Dahinter steckt sicherlich eine Masche. Irgendwann kriegen wir das aber noch raus. Aber wann? Egal. Wir hören uns erst einmal an, was die so zu erzählen haben, und versuchen, uns einen Reim darauf zu machen.

Ah, eine neue Nachricht. Hört euch das mal an: Anscheinend haben sich die Bosse getrennt, wie das bei Diktaturen bisher öfters so war. Einer wird gewinnen und was mit dem anderen passiert? Na ja, wie es bei solchen Sachen eben allgemein üblich ist.

Ach ja, wisst ihr noch, wie wir damals die Welt friedlich gestalten wollten durch Vernichtung aller Atomwaffen. Da war einmal Amerika von oben bis unten plus Afrika, dann der asiatische Block, China mit Japan und Indien, zu guter Letzt Eurasien von Gibraltar bis Wladiwostok inklusive Naher Osten und Mittelasien. Alle, die damals was zu sagen hatten, kamen doch nach Berlin, brachten ihre Frauen mit und haben tagelang gefeiert: den ewigen Frieden!

Am tollsten war, dass deren Frauen – alle, ob alt oder jung – ihren eigenen Club gegründet haben, um den Männern beizubringen, was Sache ist, wenn sie nicht parieren.

Cicero muss vor zweitausend Jahren schon gewusst haben, dass die schönsten Pläne danebengehen können, als er sagte: ›Keine Festung ist so stark, dass Geld sie nicht einnehmen kann.‹

Das ciceronische Resultat kennen wir. Und über Nacht gehörte die Welt der Geldmafia, frei nach Cicero. Es scheint, dass die Geldbosse die Weltaufteilung anders geplant hatten. Ein Unterboss bekam ganz Amerika, von Alaska bis Feuerland. Und der protestiert jetzt, weil der Oberboss den gesamten Rest besitzt.

Hört mal zu, das geht noch weiter. Angeblich scheinen aus dem großen Block einige Lunte zu riechen. China und Indien. Die wollen ebenfalls mehr Selbstständigkeit. Wenn das so weitergeht, bricht das ganze Machwerk auseinander, wie damals die Sowjetunion.«

»Was nun? Wir sitzen hier auf Lanzarote fest. Wir haben nicht die geringste Möglichkeit, etwas zu unternehmen.«

»Wenn ihr damit die Weltpolitik meint, vergesst bitte nicht, dass wir doch null Einfluss darauf hatten und immer noch nichts haben, egal wo wir uns befinden.

Halt, guckt mal! Schon wieder eine neue Meldung. Der Oberboss hat dem Unterboss Europa angeboten. Aber die zanken sich immer noch. Es geht um Deutschland, das wollen beide haben. Ah, Einigung. Deutschland wird geteilt.«

»Arschlöcher!«

»Das könntest du zehnmal sagen, ohne dass sich irgendetwas ändert.«

»Doch jetzt gerade. Die streiten sich schon wieder. Teilung von Deutschland wäre okay, aber längs oder quer?«

14

Es klingelt.

»Renate, sieh doch mal eben nach.«

Ein schlaksiger Typ steht draußen.

»Hier ist Sonny. Der Amerikaner, hört ihr doch. Lasst mich bitte rein!«

»Vielleicht. Sag erst mal genau, wer du bist und dann noch, was du willst.«

»Nun gut, ich bin Bob Robertson, der Dritte Offizier von dem Kahn, von dem ihr den Computer mitgenommen habt.«

Hekli flüstert: »Könnt ihr ein Bild von dem machen? … Prima. Dann lasst ihn rein. Ich habe den schwarzen Gürtel. Karate. Auch mit einer Kanone hätte der keine Chance.«

Sonny grinst. »Ihr braucht keine Angst zu haben. Nix Kanone und nur den gelben Gürtel. Hier ist mein Pass und meine Karte als Dritter Offizier. Ihr zeigt mir den Computer und dann hau ich wieder ab.«

»Nun mal der Reihe nach! Was interessiert dich der Computer, wenn du gleich wieder abhauen willst?« Stefan.

»An und für sich wirklich wenig. Ich will nur wissen, wo der abgeblieben ist. Dann habe ich meinen Job erledigt und brauche das nur meinen Auftraggebern mitteilen. Dann bekomme ich meine Million, Dollars natürlich.«

Annie amüsiert sich. »Du bist vielleicht eine Type. Hör mal gut zu: Der neben mir, Sven, das ist mein Mann, der war früher Jugendmeister im Boxen in Berlin. Der verpasst dir zuerst einen Leberhaken. Los, pack lieber aus!«

»Berlin, aha. Ihr seid also Krauts. Schöne Bescherung!«

»Natürlich eine schöne Bescherung!«, mischt Renate sich ein. »Nämlich einen Arschtritt, gleich wenn du hier rausfliegst. Vorher erklärst du haargenau deine ganze Story. Und wenn du schwindelst, bekommst du als Erstes den Leberhaken, aber reell, damit es schön lange wehtut. Was dann als Nächstes kommt, weißt du jetzt wohl.«

»Ich bin die Blödheit in Person. Ist mir so rausgerutscht, das mit den Krauts. Ich wollte euch nicht beleidigen, bin selbst ein Viertel deutsch. Meine Oma hat in Hamburg gearbeitet, sie war Kellnerin auf der Reeperbahn. Da hat sie meinen Opa kennengelernt. Der war Schwede und hieß Robertson und ich auch. Die beiden sind zusammen ausgewandert und lieben sich immer noch. Entschuldigung, das mit den Krauts, sollte ein Witz sein, war es wohl nicht.«

Annie entspannt sich. »Gut, keinen Leberhaken. Aber du erzählst uns jetzt haargenau, wie das alles zusammenhängt, und weshalb du zu gerade zu uns gekommen bist.«

»Ich habe euren Mann gesehen, der immer so viele Tüten schleppte. Aber, von Anfang an, ist das eine ganz blöde Geschichte. Ich bin Kapitän auf so einem kleinen Flusskahn drüben in den USA, Ostküste. Die Bezahlung ist so einigermaßen. Trotzdem hatten wir Schulden. Dann fragte jemand Gisele, das ist meine tolle Frau, ob ich auch ein größeres Schiff steuern könnte, nur eine kurze Zeit und für viel Geld. Geld war wichtig. Deshalb sagte ich ja. Und dann ging das los. Da war eine Gruppe von Leuten, die hatten was gegen unser jetziges Regierungssystem. Ich ja auch. Als die anfingen, ich sollte das Riesenschiff gegen einen Felsen steuern und unbedingt den Computer da drin zwar nicht zerstören, sondern zumindest betriebsunfähig machen, bekam ich Schiss. Die sagten dann, entweder Felsen plus Computer und eine Million Dollar oder dreißig Jahre mindestens in den Knast. Ich hab mich für die Million entschieden. Die Felsen waren mir egal und in den Knast wollte ich nicht.

Das war ein richtiges Kreuzfahrtschiff. Keine Ahnung, wozu die diesen Sondercomputer brauchten. Aber das war ein ganz edles Ding. Ich kenne mich mit Computern einigermaßen aus. Es war wie ein Wunder, ein richtiger Spionagecomputer. Wegen meiner Binnenschiffserfahrung wurde ich als Dritter Offizier eingestellt. Meine eigentliche Aufgabe war es aufzupassen, dass dem Computer nichts passiert. Das Biest war anscheinend das Wichtigste auf dem ganzen Schiff. Die Kreuzfahrerei war höchstwahrscheinlich nur Tarnung. Ich hatte praktisch sonst nichts zu tun. Da mir ständig langweilig war, bin ich immer wieder in den Computerraum gegangen. Mit der Zeit lernte ich alle Raffinessen kennen. Man ließ mich gewähren. Ich war ja der Aufpasser.

Und dann kam der Moment der Wahrheit. Ich durfte ans Steuer. Meine Auftraggeber hatten das genau ausgetüftelt. Abends hatten wir den Hafen von Arrecife verlassen und fuhren an der Küste vorbei, als es dunkel wurde. Das Steuer sollte erst links rum und dann hinein in einen großen, imposanten Felsen. Plötzlich kam mir siedend heiß in den Sinn, was das für ein Wahnsinn war, wie viele Menschen verletzt oder sogar getötet würden, wenn ich da in die Felsen brettere. Da sah ich rechts vor mir eine Sandbank, riss das Steuer nochmals um und bin hinein in die Sandbank. Den Rest kennt ihr.«

»Da hattest du mehr Glück als Verstand. Aber bekamst du keinen Ärger dadurch?«, will Stefan wissen.

»Wieder Glück. Ich bin gegen alles Mögliche allergisch und habe immer eine Spritze, ein Notfall-Set, bei mir: am besten in einen Muskel hinein, nur im äußersten Notfall in eine Vene. Ich weiß, wie so was geht, um es dramatisch zu gestalten: also in eine Vene im Arm. Schon beim Einführen in die Ader bin ich umgefallen. Man hat den Schiffsarzt geholt, der sah die Spritze und attestierte dann, durch meine Ohnmacht wäre das Schiff steuerlos geworden, So bin ich aus der Sache rausgekommen und hab sogar eine Abfindung über hunderttausend Dollar bekommen. Meine Auftraggeber haben das auch geschluckt, wollten aber wissen, wo der Computer abgeblieben ist. Die Sache ist wohl noch immer nicht ganz ausgestanden. Irgendwie sind die an dem Computer interessiert. Zumindest wollen die wissen, wo der Computer geblieben ist.«

»Und wer sind *die*?«, drängt Annie.

»Die scheinen ganz vernünftig zu sein. Das sind auch Geldleute, aus Manhattan, gehören nicht zur Geldmafia. Das haben sie jedenfalls gesagt. Vielleicht wollten sie sie sogar stürzen.«

»Um dann hinterher in dasselbe Horn zu stoßen, denn Geld regiert die Welt. Die sind alle gleich«, ergänzt Rieke.

Sven ist ihrer Meinung. »Du hast mal wieder recht. Ich setze noch eins drauf, vom römischen Kaiser Nero, nämlich: ›pecunia non olet‹, Geld stinkt nicht.«

Annie wundert sich. »Beim letzten Mal hast du gesagt, das käme von Kaiser Vespasian, weil der auch die Latrinensteuer eingeführt hätte!«

»Richtig. Nero hat andere verrückte Sachen gemacht. Der hat Rom angesteckt, um es anschließend verschönert wieder aufzubauen. Und Latrinen gab es tatsächlich in Rom. Das waren kreisrunde große Räume mit Bänken an den Rändern, alle mit Löchern. Da konnte man sich draufsetzen, sich in aller Ruhe unterhalten, sogar Geschäfte machen in der Zeit, wo man das Unnötige loswurde. Deshalb wurden die Römer so gesellig.«

»Soweit mir bekannt ist, hatten die Germanen als Alternative den Donnerbalken«, ergänzt Rieke. »Um seinen Kram loszuwerden, hieß es deshalb ›donnern‹. Wenn ich jetzt sagen würde, ich muss mal eben donnern, ich glaube, die Wenigsten würden das verstehen.«

»Zurück zur Realität!«, mahnt Stefan. »Seitdem die Geldmafia die Welt regiert, ist das Leben ein

Krampf geworden, gelinde ausgedrückt. Wenn sich etwas täte, um diese Macht zu brechen, sollte man das doch zumindest ausnutzen.«

Sven pflichtet ihm bei. »Ich bin völlig deiner Meinung. Nur sollten wir diesmal die Spreu vom Weizen trennen, um nicht unsere schöne Welt, wenn wir sie vielleicht mal zurückhaben, wieder an den Erstbesten zu verlieren. Fangen wir mal an: Sonny, beschreib doch mal diese Typen, die dich beauftragt haben, genauer. Wo treffen wir die und wie können wir vermeiden, nicht reingelegt zu werden.«

»Glaube ich nicht. Ich versuche, das zu erklären. Meine Frau Gisele, übrigens die schönste und klügste Frau der Welt, zumindest von denen, die ich kenne, euch ausgenommen – also, Gisele ist Filialleiterin bei so einer Antimafia-Bank. Die kannten diese Kreuzschiffidee und hatten das Gefühl, das Schiff wäre nur Tarnung, was es ja auch wohl war. Irgendwie wussten die auch das mit dem Computer. Wenn ich jetzt mit meinem Handy den Computer hier bei euch fotografiere und das an Gisele maile, ist meine Familie gerettet.«

»Was hat deine Familie damit zu tun?«, will Hekli wissen.

»Wollt ihr das wirklich wissen? Na gut, euer Risiko. Gisele verdient gut, ich einigermaßen. Aber

75

wir haben vier Kinder, zwei Jungs und zwei Mädchen. Alle studieren schon. Dann müssen wir unser Haus abbezahlen. Bei vier Kindern brauchten wir ein ziemlich großes. Und die Kinder haben ihre Hobbys, jeder ein anderes. Dann noch Oma und Opa, meine Großeltern. Die hatten uns damals bei dem Haus geholfen und haben jetzt nicht genug Geld, um die Pflege zu bezahlen, die in Amerika verdammt teuer ist. Gisele hat beschlossen, da helfen wir, auch wenn wir dadurch Schulden machen. Na ja, so ist eben die moderne Welt.«

»Mit anderen Worten, ihr seid eine glückliche Familie. Du liebst deine Gisele und deine Kinder.« Annie.

»Logisch, obwohl sich die Gören manchmal prügeln wie die Kesselflicker. Die Mädchen konnten noch besser boxen als die Jungs. Da hat Gisele irgendwann ein Machtwort gesprochen: Entweder ihr kommt alle in einen Boxverein oder es gibt nur noch Kissenschlachten. Die Kinder hatten sich für Kissenschlachten entschieden. Das hatte Folgen. Jeden Sonntagmorgen – zumindest wenn ich zu Hause war und wir noch schliefen – kamen die in unser Schlafzimmer, jeder mit mindestens zwei Kissen, und dann ging es los, selbst als die schon größer wurden.«

Stefan schmunzelt. »Wir sehen ein, du brauchst das Geld, unbedingt. Darum schlage ich dir einen Deal vor: Du darfst noch nicht zurück. Da sollte erst mal Gras über diese verrückte Geschichte wachsen. Ein Hotel hier hat viele Hütten oben in den Lavabergen, supermodern, mit allen Raffinnessen. Übers Fernsehen bestellst du dein Essen und alles, was du als verwöhnter Ami brauchst. Wir bezahlen das, aber bekommen dafür eine Gegenleistung.«

»Ist mir klar. Ich soll euch erklären, was dieser Supercomputer alles kann. Tue ich gerne, mit größtem Vergnügen, aber ich brauche noch das Foto für Gisele.«

»Bekommst du. Als ich den Schiffscomputer das erste Mal sah, erschien der mir riesig. Ich kenne die normalen zur Genüge. Selbst mit riesiger Kapazität ist keiner größer als ein Schuhkarton. Und dieses Biest ist fast zwei Meter hoch und anderthalb Meter breit, dazu noch ein ziemlich großer Monitor. Den brauchte ich nicht. Dafür konnte ich meinen eigenen nehmen. Dann stellte ich fest, alles war gar nicht so schlimm. Da bestand alles aus Einzelkomponenten, alle mit Steckverschlüssen und viel Luft dazwischen. Das konnte ich alles auseinandernehmen.

Die Einzelteile habe ich dann in einem Sack sukzessive aus dem Schiff getragen, darauf geachtet, dass mich niemand sieht, und alles hier zu Hause wieder zusammengebaut.

Den Monitor habe ich dann davorgestellt und danach alles fotografiert. Und dass die ganzen Einzelteile fehlen, kann nur ein Fachmann erkennen. Du, Sonny, nimmst deiner Gisele dieses Foto mit, wenn du in einigen Wochen hier verschwindest. Und dann kassierst du deine Million.«

Sonny schüttelt den Kopf. »Alles super, nur mit dem Mitnehmen klappt das nicht. Die wollen das Foto sofort. Und ich glaube, die wollen lieber ein Foto von der Anlage, und zwar von der intakten Version. Du hast doch wieder alles zusammengebaut. Lasst mich lieber davon ein Foto machen.«

»Das ginge natürlich auch. Mein Zusammenbau ist ähnlich wie beim Original, allerdings etwas kompakter.«

»Das Gute daran ist, dass Giseles Manager das Original kennen. Die erkennen auch klar, dass der Computer mit kleinerem Monitor neu aufgebaut worden ist.«

Annie macht ein nachdenkliches Gesicht. »Sonny kennt eure Adresse. Er wird natürlich zehnmal beschwören, eure Adresse nicht zu benutzen. Ich würde mich aber nicht darauf verlassen.«

Stefan nickt. »Hatte ich auch schon dran gedacht. Da fiel mir Folgendes ein: Ungefähr fünfhundert Meter oberhalb von uns hat der vulkanische Gang, wodurch wir mit der Bergspitze verbunden sind, einen verschachtelten Zugang. Dadurch lässt sich auch unser Computerraum erreichen. Und dadurch werde ich Sonny führen. Ob er Lust hat, durch den krummen und schiefen Gang unseren Computerraum noch zu sehen, wage ich zu bezweifeln.«

Doch Sonny verspürte durchaus Lust.

Stefan ergänzt: »Übrigens, was den Computer betrifft, stehen wir noch auf dem Schlauch. Außer diesen ziemlich verallgemeinerten Meldungen bringt der Bursche überhaupt nichts. Die Tastatur gab ich glücklicherweise mitgebracht. Sie hat allerhand Tasten, die ich gar nicht kenne. Die habe ich mehrere Male durchgeackert, ohne Resultat.«

Sonny »Ich glaube, ihr braucht mich jetzt.«

»Der Meinung bin ich auch. Gut, dass dir das mit deiner Spritze eingefallen ist und dass du das sogar überlebt hast. Somit bist du für uns hoffentlich brauchbar geworden.«

Sonny nickt zustimmend. »Es ist so wohltuend, so aufmunternde Worte zu hören. Spaß beiseite, jetzt zur Sache! Sag mal, Stefan, da bei deinen Versuchen, bist du da nicht irgendwann mal auf die Anfrage nach einem Passwort gestoßen? Oder auf eine Betriebsanleitung? Jaja, echte Betriebsanleitungen bei so einem Biest sind mehr als tausend Seiten lang. Aber Kurzanleitungen haben doch alle.«

»Leider nicht. Ich hatte sogar die Tasten diverse Male miteinander kombiniert. Ich kam mir dabei aber ziemlich bescheuert dabei vor, weil der auf gar nichts regierte.«

»Dann zeige ich euch jetzt, wie man ihn durch eine Kombination von drei Tasten dazu bringen kann, das Passwort anzufragen. Und das kenne ich noch: Coronima+2050. Wartet mal, gleich spuckt er alles aus, was er kann. … Da, seht: Am wichtigsten sind die Daten der Geldmafia selbst. Die hatte ich im Schiff kaum angerührt. Da liefen immer so viele Leute rum. Die brauchten das nicht zu sehen. Wenn die was davon erfahren hätten, würde doch darüber gesprochen. Das wollte ich vermeiden. Ich wollte nur die Million.«

»Bevor wir nun anfangen, den neuen Compy auszuquetschen – wäre es nicht sinnvoll, erst einmal herauszufinden, ob die Idee funktioniert, die Bilder zu mailen, ohne dass die Geldmafia-Bagage etwas davon merkt?«, schlägt Annie vor.

»Annie, gut dass du an meine Bilder denkst. Sucht bitte bei Compy die Rubrik ›messages‹ und dann die Option ›danger‹ mit einem Rechtsklick. … So, zuerst eine belanglose Mail irgendwohin. Und kurz danach an die gleiche Adresse den etwas kritischeren Text wie folgt: ›Hopkins on the way to DC, with all details. Freedom included‹. Innerhalb von Sekunden müsste ›danger‹ darauf reagieren. Wenn nicht, schicke ich die Bilder an Gisele.«

Doch Danger bleibt stumm. Also Bilder an Gisele. Hoffentlich geht das gut.

»Sonny, du bist jetzt wieder dran. Wie bekommen wir aus Compy alles Wichtige raus über die Geldganoven? Wo sitzen die, was wollen die? Welche Probleme haben die?«

»Das wird ein 24-Stunden-Job. Erstmal deren System kennenlernen. Die schreiben glücklicherweise fast alles auf Englisch, aber man merkt, dass die oftmals anderssprachig sind. Da muss man manchmal raten. Lasst mich mal die Gesamtsituation bei denen herausfummeln, anschließend kommen die Details dran. Ah, das Flugverbot soll in den nächsten Tagen aufgehoben werden. Man hätte sich vorläufig geeinigt. Streitpunkt weiterhin Deutschland. Die Trennung quer wäre wohl akzeptabel, aber die Mainlinie, die meinen den Fluss Main damit, ungünstig, für den Süden zu wenig, für den Norden zu viel.«

Rieke ergänzt: »Seht euch das mal an. Die Krauts haben wieder die Schuld. Die wären zu dämlich, sich vernünftig teilen zu lassen. Kein Fluss nördlich vom Main, der querläuft. Man überlegt, ob man im Norden nicht Skandinavien und im Süden neben Österreich, der Schweiz oder sogar Italien in den Pott mit reinschmeißen kann.«

Annie schüttelt den Kopf. »Das ist ja wie im Dreißigjährigen Krieg. Da gab es auch zwei Parteien, Katholiken gegen Protestanten. Gewonnen hat keiner, nur die Ausländer, die Teile von Deutschland abkassiert haben. Die Niederlande und die Schweiz wurden selbstständig, Schweden bekamen Teile von Pommern und das Erzbistum Bremen, und die Franzosen das Elsass. Deutschland wurde dadurch eine ganze Ecke kleiner.«

»Regt euch doch nicht auf. Das ist doch schon so lange her«, beschwichtigt Sonny. »Wir fangen erst mal an. Darf ich zwischendurch mal ganz was anderes sagen? Wegen der Krauts, die vorhin wieder erwähnt wurden: Meine Oma hatte zwar in Hamburg gearbeitet, stammte aber aus einem Dorf genau an der Grenze zwischen Deutschland und Frankreich. Auf beiden Seiten der Grenze waren kleine Dörfer. Die einen sprachen ein eigenartiges Deutsch, nämlich Moselfränkisch. Auf der anderen Seite sprachen die auch so eine Art Französisch. Gegeneinander wurde Fußball gespielt und miteinander gefeiert. Der einzige Unterschied, wir waren die Krauts, die Franzosen waren die Froschs, da sie Frösche aßen.«

Renate unterbricht ihn. »Da ist was angekommen. Sonny, deine Frau Gisele hat geantwortet: ›Alles prima. Bring die vier mit. Wäre wichtig.‹ Was soll das denn?«

»Ihr habt doch gelesen, was ich an Gisele geschrieben habe: Vier nette Leute hätten mir geholfen. Ist natürlich Unsinn, ihr seid zu sechs. Das hatte ich in der Eile wohl durcheinandergebracht.«

Sven überlegt: »Mir schwant da was. Diese Geschichte mit dem Kreuzfahrtschiff war von langer Hand geplant: dass ein Süßwasserkapitän dann Dritter Offizier geworden ist – genau dasselbe. Was die damit bezwecken wollen, ist mir allerdings schleierhaft. Wir fliegen nicht nach Berlin, sondern in die USA. Ähm, aber wohin eigentlich? Sonny, sag mal, wo kommst du denn genau her?«

»Aus Conny.«

»Conny, wo liegt das denn? Habe ich noch nie gehört.«

»Neben New York. Connecticut. Kindersprache.«

»Das ist ja supermega. Was Kindern so einfällt! Gibt es da noch mehr Beispiele?«

»Klar, Massy, ihr versteht bestimmt, was die damit meinen. Oder Yorki, Illy, Flory, Texy oder Kaly.«

»Bei Alabama und Alaska hätten die Schwierigkeiten gehabt.«

»Überhaupt nicht! Was glaubt ihr, was Kinder alles regeln können? Das eine war Ali, das andere Ally.«

»Du hast tolle Kinder.«

»Und eine tolle Frau.«

»Und meint ihr, dass ihr mit der Million noch glücklicher werden könnt?«, will Annie wissen.

»Glücklicher geht das gar nicht so ohne Weiteres, vielleicht etwas sorgenfreier. Gisele hat alles geregelt. Wir zahlen unsere Schulden ab, nehmen nur das, was wir für ein vernünftiges Leben brauchen. Der Rest wird investiert. Gisele arbeitet bei einer Bank. Die weiß, wie das geht.«

Rieke ist begeistert. »Ich war ein Jahr zum Studium in den USA und habe viele deiner Landsleute kennengelernt, aber noch nie so jemanden Sympathischen wie dich, Sonny. Also, wir vier fliegen also nach Amerika. Ich habe ein Dauervisum wegen meines Studiums dort und Kevin braucht als Isländer so was gar nicht. Wie ist das mit euch beiden?«

»Wir beide brauchen beide keins«, erklärt Annie.

»USA ohne Visum? Gibt es doch gar nicht!«

Stefan klärt auf. »Wenn du als Deutscher zurück nach Deutschland willst, brauchst du auch kein Visum.«

»Ich werd nicht mehr! Ihr seid beide Amis? Richtige, hm, echte Amis?«, strahlt Rieke.

»Ich habe deiner Nasenspitze genau angesehen: Du wolltest gerade eben Scheißamis sagen. Los, zugeben!« Sven.

»Jaja, gegen die Menschen aus Amerika habe ich ja überhaupt nichts, hatte gerade vorhin ja auch Sonny gelobt. Was mir manchmal auf den Keks geht, ist die amerikanische Weltherrschaftspolitik. Im Moment haben die ja auch nichts damit am Hut. Aber was passiert, wenn das mit der Geldmafia irgendwann mal vorbei ist? Was macht ihr Amis dann? Die verloren gegangene Weltherrschaft wiederherstellen als Allererstes! Egal, nun erzählt mal, seid ihr echte Amis? Verrückt!«

»Echte nicht. Sven, Stefan und ich haben die doppelte Staatsangehörigkeit. Wir machen mal so einen richtigen Klönschnack und erzählen dann alles haargenau.«

15

Luiza war Renates Liebling im Kindergarten. Sie war erst vier Jahre alt, konnte aber schon lesen und schreiben und schrieb sogar kleine Gedichte. Dazu war sie noch dreisprachig. Ihre Mama kam aus Liechtenstein. Die Mama sprach mit ihr Deutsch und Liechtensteiner Dialekt.

Papa, der General, sprach natürlich Spanisch mit ihr. Da ihr Papa immer nur am Wochenende da war, lernte sie ihr kanarisches Spanisch in erster Linie von den Kindern auf der Straße. Ihr Papa versuchte, ihr dann das allgemeingültige Spanisch beizubringen, wie er es als wichtiger Staatsbeamter gewohnt war.

Obwohl von einigen englischen und französischen Piraten abgesehen, keinerlei Angriffe auf die Kanaren stattgefunden hatten und nur irrationale Ansprüche von Marokko bestanden, war trotzdem ein General für die Landesverteidigung zuständig. Papa General residierte in Santa Cruz de Tenerife, war an Wochenenden auf Lanzarote und musste hin und wieder zum Rapport nach Madrid. Jetzt wieder.

Renate war erstaunt, als Luiza mit dem großen Kinderwagen aufkreuzte.

»Du mit den beiden Babys hier? Das ist doch zu gefährlich für deine beiden kleinen Brüder. Denn alle Kinder hier wollen doch mit den beiden spielen.«

»Ach Renate, ich wusste nicht, was ich tun sollte. Mein Papa ist in Madrid und meine Mama hatte plötzlich solche Bauchschmerzen, dass sie ins Krankenhaus musste. Eine Nachbarin hat uns dann zu Omita gebracht.«

»Omita, ist das eure Oma?«

»Ja, aber die ist schon so alt, die kann das mit den beiden Babys gar nicht mehr. Das Wickeln kenn ich von Mama und habe das ganz gut hinbekommen. Und das Trinken für die beiden haben wir gemeinsam gemacht. Die Flasche haben sie jetzt bekommen und neu gewickelt habe ich sie auch gerade.«

»Du bist so ein vernünftiges Mädchen. Ich bin ganz stolz auf dich. Und dass du deiner Omita helfen konntest, finde ich supertoll. Weißt du denn, was deine Mama hat?«

»Ich hab im Krankenhaus angerufen. Die wollten mir keine Auskunft geben, wegen Datenschutz. Ich sagte denen, der Datenschutz wäre einer Vierjährigen so was von egal. Dann meinten sie, man dürfe Kindern keine Auskunft geben.

Daraufhin habe ich gesagt, der General de Angelo, der wäre mein Papa, der würde ganz schön sauer, wenn sie nicht sofort eine richtige Antwort bekäme. Das hatte gewirkt. Meine Mama wäre am Blinddarm operiert worden. Obwohl der schon geplatzt war, sei alles gut verlaufen, nur müsste meine Mama noch einige Tage im Krankenhaus verbleiben. Kann ich nicht für diese Zeit bei euch bleiben?«

»Hm, wir hatten unser Haus mit zwei Kinderzimmern gebaut. Nur haben wir noch keine Kinder. Da hätten wir Platz für dich mit den beiden Kleinen – und das zweite Zimmer für eine Kinderschwester. Was hältst du davon?«

»Ganz prima, nur für die paar Tage, bis Mama wieder da ist. Ich finde das ganz toll von euch. Und würdet ihr vielleicht auch Omita mit übernehmen. Die ist durch uns völlig durcheinandergekommen. Bitte, bitte!«

Am Eingang stand eine kleine verhutzelte Frau, Tränen liefen über ihre Wangen. Renate nahm sie in den Arm und sagte: »Bis es deiner Schwiegertochter wieder besser geht, wohnen die Kinder bei uns. Und wenn du Lust hast, kannst du auch bei uns wohnen, wir haben Platz genug.«

Omita schluchzte nur, drückte Renate ganz heftig und nickte.

Renate machte ein zufriedenes Gesicht und dachte nach: Mache ich damit einige Menschen glücklich? Luiza anscheinend nicht. Ihr Gesicht sieht alles andere als glücklich aus.

»Luiza, was ist denn mit dir? Die Kinderschwester kommt gleich und dann geht ihr alle zusammen in euer neues zuhause. Und ihr bleibt dort, bis eure Mama wieder richtig gesund ist.«

»Da fehlt noch einer.«

»Einer? Hast du noch einen Bruder?«

»Nein, keinen Bruder. Nur Sancho.«

»Sancho? Wer ist denn das?«

»Sancho, der ist mein Hund.«

»Ah, dein Hund. Na ja, den nehmen wir auch noch. Habt ihr da einen Hundekorb oder so etwas zum Schlafen.«

»So was braucht der nicht. Der schläft bei mir im Bett.«

»In deinem Bett? Und sind deine Eltern denn damit einverstanden?«

»Erst nicht. Die wollten überhaupt keinen Hund. Den habe ich mir selbst gekauft, aus einem Tierheim, von meinem Taschengeld.«

»Du liebe Zeit! Einen Hund selbst gekauft? Und der schläft mit dir in deinem Bett? Hast du denn keine Angst, dass der mal Pipi macht?«

»Meine Eltern haben mich mit Sancho in eine

Hundeschule geschickt. Da hat er gelernt: Wenn ich Sancho zu ihm sage, dann ist alles in Ordnung. Und wenn ich ihn Panza nenne, dann hat er irgendwelchen Mist gebaut. Dann zieht er seinen Schwanz ein. Er hat mal in mein Zimmer gepinkelt, da habe ich ihn Panza genannt und aus dem Zimmer geworfen. Das muss er sich gemerkt haben. Ich hab nie mehr Panza zu ihm sagen müssen.«

»Und woher hast du die Namen Sancho und Panza?«

»Aus Don Quichote. Das ist eine Geschichte von Cervantes, die hat mir mein Papa vorgelesen. Die Geschichte fand ich so lustig, dass ich versucht habe, sie selbst weiterzulesen. Das ging am Anfang sehr langsam, aber mit der Zeit immer schneller. Jetzt kann ich dadurch alles lesen.«

16

Durch das Passwort wird Compy gefügig. Die Basis ist auf Englisch aufgebaut, aber manchmal mit Wörtern, die Stefan und Sven trotz ihrer jahrelangen Erfahrung in Kalifornien nicht entziffern können. Manches kommt in einer komischen Schrift daher, die trotz Google nicht zu entziffern ist. Sie wissen bald nur: Die Schrift ist nicht südostasiatisch, eher irgendwie indisch.

Jetzt aber erst einmal das System kennenlernen. Das Wichtigste ist doch zu erfahren, wer hinter der Geldmafia steckt.

Nach drei Tagen und Nächten wissen Stefan und Sven schon sehr viel, aber immer noch nicht das Geringste über die Struktur der Geldmafia, vor allen Dingen nichts über ihren Wirkungsort.

Dann entdecken sie die Nachricht, dass die Amerikaner ein Flugzeug senden, morgen früh schon.

Der Flug nach Washington dauert nur sechs Stunden. Sie werden rechtzeitig zum Mittagessen mit zwei Mitgliedern der Regierung und zwei Leuten von den Banken da sein.

»Und was sagen wir denen? Wir wissen doch fast nichts, weder über die Geldmafia noch über ein Mittel, wie man denen begegnen soll.«

Doch ihre Bedenken sind unbegründet. Denn die Amerikaner übernehmen gleich das Wort und erklären, wie es hinterher laufen soll, wenn man die Geldmafia beseitigt hat.

Sie interessierte natürlich, wie man die Beseitigung denn vornehmen würde, erhielten aber keine Antwort. Ihre Fragen wurden geflissentlich überhört. Es ging im Grunde genommen nur um eins: um America first und darum, die Weltherrschaft wieder herzustellen. Deutschland war denen dabei ein Dorn im Auge, deshalb begrüßte man den Vorschlag der Geldmafia, alles dafür zu tun, die Teilung Deutschlands mit der Mainlinie beizubehalten.

Sie bedankten sich für das wirklich hervorragende Mittagessen und baten um Rückflug nach Lanzarote. Zum Flughafen begleiteten sie die beiden Vertreter der Banken. Die bedauerten, dass das Treffen wie das Hornberger Schießen ausgegangen war. Sie hätten damals die Regierung kontaktiert, um Hilfe gegen die Geldmafia zu erhalten. Die, also die Regierung, hätte allerdings sofort versucht, das Zepter selbst in die Hand zu nehmen. Und die Sache mit dem Kreuzfahrtschiff? Die sei auch von Washington aus gedeichselt worden. Nachdem das

Schiff gestrandet war, hätte man einige Zeit gebraucht, um eine Mannschaft zu finden, die den Computer aus dem Schiff holen sollte. Doch sie fand natürlich nur noch den Monitor vor. Der Computer selbst war verschwunden.

Sven tut so, als wäre er völlig überrascht.

»Und die lassen uns einfach hierherkommen und tun so, als ob alles bestens wäre?«

»Eine Krähe hackt der anderen kein Auge aus. Wir sehen das so: Offiziell regiert, auch in Washington, nur die Geldmafia, beziehungsweise die Typen, die von der Geldmafia abhängig sind. Im Hintergrund warten verschiedene Gruppen darauf, irgendwann wieder die Macht zu übernehmen. Im Untergrund kämpfen die alle gegeneinander. Eine dieser Gruppen hat jetzt das Kreuzfahrtschiff-Scenario inszeniert. Nun, da es gescheitert ist, wird versucht, es zu kaschieren. Deshalb hat man euch eingeladen. Und da denen nichts Besseres eingefallen ist, haben sie die Masche mit der Teilung Deutschlands, als Bonbon aufs Tapet gebracht.«

»Und ihr von der Bank seid nun völlig außen vor?«

»Was die Zusammenarbeit mit der Regierung betrifft, ja. Das Ränkespiel zwischen den einzelnen Gruppen ist uns zu gefährlich. Dass die Geldmafia irgendwann ihre Macht einbüßt, ist allen mehr oder weniger klar. Genauso wenig weiß man allerdings, was danach kommt. Da wollen wir aber auf jeden Fall dabei sein, und einen Teil von abhaben.«

»Und euer Geld soll dabei helfen.«

»Ganz genau. Ohne Geld läuft gar nichts. Das wussten schon die alten Griechen und Römer. Nur wollen wir es richtig machen, sogar gemeinsam mit Deutschland.«

»Das hörte sich aber vorhin ganz anders an.«

»Das mit der Teilung Deutschlands erscheint uns ziemlich lächerlich. Das, was ihr vorhattet, Deutschland zusammen mit Russland in einem Eurasien von Gibraltar bis Wladiwostok, erscheint uns als das Sinnvollste. Als Gegenpol ein vereinigtes Amerika von Alaska bis Feuerland und als Drittes die Asiaten, alle in einem friedlichen Wettbewerb miteinander.«

»Und dazu ist vor allen Dingen Geld nötig?«

»Ohne Geld geht überhaupt nichts. Ein klassisches Beispiel: Die Amerikas. Wenn die USA nicht möglichst sofort dafür sorgen, dass die Verarmung des Hauptteils der mexikanischen Bevölkerung endet, werden die Südstaaten der USA innerhalb von dreißig Jahren vollkommen von den Mexikanern überlaufen – und innerhalb von 100 Jahren die ganzen USA.«

»Trump hat das erkannt. Er wollte eine Mauer bauen.«

»Trump hat zwar das mexikanische Problem erkannt, aber nichts dagegen unternommen. Die Mauer allein hätte die Mexikanisierung nicht unterbunden.«

»Das Problem liegt in Mexiko selbst: die Korruption, die Kriminalität, und vor allen Dingen die Verteilung des Reichtums auf nur wenige. Wie will man so etwas ändern?«

»Wir sehen die Änderung nur durch einen Zusammenbruch der Herrschaft der Geldmafia. In dem Moment werden viele versuchen, ihre Schäfchen ins Trockene zu bringen.«

»Indem eure Amifreunde als Erstes die Weltherrschaft zurückwollen, auf Biegen und Brechen?«

»Das sehen wir auch so. Wir vertreten das amerikanische Geld. Das ist unsere einzige Macht, die, sinnvoll angewendet, die Welt verändern könnte, zum Positiven.«

»Fangen wir mal an mit Mexiko. Wie wollt ihr ein Land mit 125 Millionen Einwohnern über Nacht umbiegen?«

»Wir haben Pläne dafür und gleichzeitig auch für Mittelamerika mit Ausnahme von Costa Rica.«

»Die Arbeit von Sisyphus ist nichts dagegen.«

»Sehen wir auch so. Aber es geht um die Einheit der USA. Die ist gefährdet.«

»Und das schafft ihr ganz alleine?«

»Nein. Wir brauchen eure Hilfe. Ihr müsstet dasselbe für den Rest der Welt machen.«

»Sehen wir auch so. Insbesondere fast überall in Afrika. Hat jemand eine Idee, wie man das alles hinbekommen soll?«

17

Später.

Annie ist durcheinander. »Svenny, was die Banker da von sich gegeben haben – glaubst du denen?«

»Dass die Gefahr der Migration aus Mexiko besteht, war mir schon bekannt. In Texas soll sie fast 30 Prozent betragen, in Kalifornien sogar noch mehr. Die Sorgen sind bestimmt nicht unberechtigt. Aber wie die das hinbekommen wollen, die Mexikaner davon abzuhalten, nicht mehr in die USA zu wollen, ist mir mehr als schleierhaft.«

»Letzten Endes ist das doch sekundär. Primär ist doch, die Geldmafia loszuwerden. Dazu hat keiner irgendetwas Konkretes gesagt. Da fällt mir etwas ein. Sollten wir nicht die Zeit nutzen, wo wir schon in den USA sind, um Genaueres darüber in Erfahrung zu bringen, was damals unser ganzes Umfeld umgebracht hat?«

»Ob das Sinn ergibt? Aber warum nicht! Vielleicht hat der eine oder andere das fürchterliche Unglück überlebt oder ist aus diesem oder jenem Grund gar nicht dabei gewesen!«

»Du hast recht. Wir lassen die beiden alleine nach Lanzarote zurückfliegen. Wir nehmen die andere Richtung und fliegen nach Palo Alto.«

»Soweit ich mich erinnere, ist das Haus der Rosenbergs in die Luft geflogen. Die Detonation war so stark, dass sogar das Haus der Radtmanns, ungefähr zweihundert Meter davon entfernt, größtenteils eingestürzt ist.«

»Die Rosenbergs feierten damals das große jüdische Fest. Wie immer waren alle Nachbarn, Freunde und Bekannten dabei, nicht nur die Juden, sondern auch Christen und andere, egal welchen Glaubens. Die Rosenbergs hatten viele Freunde jedweder Konfession. Das Fest war alljährlich eine Gaudi für alle. Wir durften nicht dabei sein, da damals gerade die Geldmafia das Ruder übernommen hatte.«

»Ob wir irgendjemanden treffen können, der zufällig nicht auf dem Fest gewesen ist? Ansonsten würde mich Palo Alto sehr interessieren. Es ist fast zwanzig Jahre her, dass wir dort gewesen sind, sechs glückliche Jahre lang.«

18

Tommy Nürnberger konnte sich noch an die Detonationen erinnern. Aufgrund seiner täglichen Verpflichtungen als Rabbi war er verhindert und konnte nicht rechtzeitig zum großen jüdischen Fest erscheinen. Er war mit seiner Frau und den drei Kindern unterwegs zu ihnen. Da erfolgte plötzlich ein unheimlicher Knall und eine riesige Staubwolke erfasste fast den ganzen Himmel. Ein Steinbrocken landete dicht neben seinem Auto. Erst als der Qualm etwas weniger dicht war, konnte er erkennen, dass das Haus der Rosenbergs nur noch Schutt und Asche war. Er dankte innerlich Nathalia Goldbuch dafür, dass sie ihn durch ihr permanentes Fragen über das Sein und Nichtsein im Judentum davon abgehalten hatte, rechtzeitig zu erscheinen.

Tommy zermarterte sich schon lange den Kopf darüber, wer gegen die Rosenbergs war. Sie waren im Schuhgeschäft und hatten wohl keine Verbindungen zur Wallstreet. Oder doch?

Das Fest hatte von der Administration der Geldmafia genehmigt werden müssen. Alle Beteiligten mussten namentlich genannt werden. Bei den bisherigen Festen waren die Bankenbosse aus Manhattan mit eingeladen worden. Tommy versuchte, sich zu erinnern. Die Bankenbosse hatten zusammen mit den Rosenbergs getagt, oftmals stundenlang, in einem separaten Raum. Er als einfacher Rabbi durfte nicht dabei sein. Das war ihm auch egal. Ihn interessierte nur das Wohlergehen seiner Gemeinde.

Tommys nächster Gedanke war, die neue Geldmafia wollte möglicherweise die Gelegenheit nutzen, alle unliebsamen Kontrahenten auf einen Schlag loszuwerden. Er schwor sich, mit niemandem darüber zu reden, nicht einmal mit seiner Frau. Ob er den beiden Deutschen seine Gedanken mitteilen sollte?

19

Tommy konnte sich noch gut an Annie und Sven erinnern.

»Das war doch eine schöne Zeit, als wir noch jünger waren und uns mal hier und da getroffen haben! Ich erinnere mich noch an eure Pläne für Deutschland und Europa. Ihr habt doch alles erreicht, oder?«

»Mehr oder weniger, ja. Die Geldmafia hat dann den alten, nicht sonderlich guten Zustand wieder hergestellt. Erzähl uns lieber: Wie hast du das Drama bei den Rosenbergs überstanden?«

»Ich bin immer noch Nathalia Goldbuch dankbar, dass sie mich mit ihren Theorien über das Judentum dermaßen durchlöchert hat, dass ich schon ganz hibbelig wurde. Denn meine ganze Familie wartete darauf, endlich zur Fete zu fahren.«

»Nathalie hat euch, dir und deiner Familie, dadurch ungewollt das Leben gerettet. Ihr habt euch bei den Goldbuchs bestimmt dafür bedankt, oder?«

»Klar. Wir hatten sie und ihren Mann zum Essen eingeladen. Erst wollten sie das gar nicht annehmen, schließlich doch. Es hat sich daraus eine richtige Freundschaft entwickelt.«

»Prima. Aber wer dieses furchtbare Unglück verursacht hat, das hat sich nie herausgestellt, oder?«

»Nein. Es gibt da verschiedene Theorien. Die naheliegendste könnte ich euch erzählen, wenn ihr wollt.«

»Ja, wollen wir, sehr gerne sogar.«

»Die Rosenbergs müssen doch etwas mit Manhattan zu tun haben. Denn bei jedem Judenfest, das bei den Rosenbergs gefeiert wurde, waren diverse Bosse von den Bankern aus Manhattan dabei. Einige davon waren auch Juden, aber die meisten kamen aus anderen Konfessionen. Mit anderen Worten: Die Konfession spielt keine Rolle, wenn es ums Geld geht. Die regierende Geldmafia kommt ja aus demselben Stall. Die Manhattan-Bosse bei den Rosenbergs gehörten allerdings nicht zur Geldmafia-orientierten Regierung und so wollte man die unliebsame Konkurrenz loswerden. Das Rosenberg-Fest bot die beste Gelegenheit dazu, allerdings für die andere Seite: einfach radikal umbringen. Durch das Fest. Aber beweisbar ist davon rein gar nichts, alles nur meine Annahme und Theorie.«

»Jaja, das klingt recht plausibel. Selbst wenn es beweisbar wäre, käme die Gegenseite mit ihren eigenen Argumenten. Außerdem ist es ja schon

eine Zeit lang her. Die einzige Lösung ist, die Geldmafia loszuwerden. Aber wie?«

»Aber wie? Ich bin nur ein einfacher Landrabbi.
Ich habe keinerlei Einfluss auf irgendwelche bedeu-
tenden Leute.«

20

Später.

»Das, was Tommy da so gesagt hat, erscheint ja ganz plausibel, aber es hilft uns kein bisschen weiter«, ärgert sich Sven.

»Ja, es ist uns nicht gelungen, außer Tommy noch irgendjemanden von der alten Garde ausfindig zu machen, auch nicht an der Uni. Innerhalb von fast zwanzig Jahren sind alle verschwunden«, fasst Annie zusammen.

»Alle Freunde und Bekannte waren auf dem Fest. Tommy ist der Einzige, der übrig ist, dank der Hartnäckigkeit von Nathalia Goldbuch.«

»Das hat ihn und seine Familie gerettet.«

»Und er hat dadurch zwei neue Freunde gefunden, nämlich die Goldbuchs.«

»Und was machen wir jetzt noch hier?«

»Wir können uns noch die Gegend angucken. Ob sie noch so wie früher aussieht oder sich verändert hat?

»Normalerweise würde ich dazu ja sagen. Unter den jetzigen Umständen, in denen die Welt so anders geworden ist unter der Fuchtel von einigen wenigen Reichen, die nur darauf aus sind, ihren Reichtum noch zu vergrößern, fehlt mir jede Lust dazu.«

»Dann lass uns wieder zurückfliegen.«

»Direkt nach Berlin? Oder doch wieder nach Lanzarote?«

»Unbedingt über Lanzarote. Wir müssen doch erfahren, was Stefan alles aus seinem Compy herausgeholt hat.«

»Ich habe da so ein Gefühl, dass er jetzt Einiges mehr weiß. Nur wie kommt man von hier aus nach Lanzarote?«

21

Rieke und Hekli warten am Flughafen auf die US-Rückkehrer.

»Na, hat euch Kalifornien immer noch gefallen?«

»Ach, Rieke! Wir haben gar nicht so genau hingeguckt. Uns hat nur unsere gegenwärtige Situation beschäftigt und das Unglück, das all unsere Freunde und Bekannten getroffen hat. Wir haben nur einen einzigen gefunden, der überlebt hat, weil er aus reinem Zufall zu spät gekommen ist. Und? Hat Compy etwas mehr von sich preisgegeben?«

»Hat er. Stefan wird euch alles berichten.«

Sven ist ziemlich ungeduldig. »Stefan, klar. Da kann ich aber nicht drauf warten. Erzählt doch mal!«

Rieke versucht es. »Das ist, ehrlich gesagt, ziemlich kompliziert. Ich erzähl euch lieber was anderes: Stefan und Renate haben Untermieter. Das Haus ist voll mit Kindern.«

Annie ist ganz aufgeregt. »Mit Kindern? Warum das denn? Hoffentlich ist nichts Schlimmes passiert!«

Rieke erzählt die Geschichte.

Annie ist begeistert. »Das spricht für Renate, die drei Kinder zu sich zu nehmen, die Oma und sogar den Hund. Nicht aus der Not heraus, sondern weil sie Kinder so furchtbar gerne mag. Nur schade für sie, dass die richtige Mama bald wieder gesund wird.«

Rieke lacht. »Renate hat sich sogar entschieden, die Omita ganz zu übernehmen, sie für immer bei sich wohnen zu lassen. Die Kinderschwester hat eine Bekannte, die dann für die Oma sorgt. Luiza ist darüber echt begeistert. Denn sie hat schon gespürt, dass ihre Oma nur noch sehr schwer alleine weiterleben kann. Renate hat das mit Luiza besprochen. Und die meinte nur: ›Ob meine Omita das wohl will? Sie weiß, dass sie nur noch schwer alleine leben kann, aber jetzt anderen Leuten zur Last fallen? Und für dich – willst du das wirklich? Omita ist doch eine völlig fremde Person für dich!‹

Renate hat dann überlegt und gesagt: ›Meine Oma hat mich auch großgezogen. Sie war als Flüchtling aus Schlesien nach Bayern gekommen und wurde dort wie eine Aussätzige behandelt. Meine Eltern sind früh gestorben, sodass meine Oma für mich da sein musste. Obwohl ich in Bayern geboren bin, sind wir die verhassten Flüchtlinge geblieben, auch weil wir nicht katholisch waren. Als ich anfing zu studieren, musste ich meine Oma alleine lassen. Sie ist dann gestorben und ich habe mir immer wieder Gedanken gemacht, wie ich das hätte verhindern können, dass meine Oma allein sterben musste. Die Omita ist jetzt also meine Oma.‹ Luiza hat genickt und Renate gedrückt, ganz fest.

Da unterbricht Stefan sie. »Nun hört euch an, was Compy zu berichten hat. Wer der alleinige Boss der Geldmafia war oder noch ist, weiß ich zwar immer noch nicht, nur dass er Amerikaner ist. Meine Schlussfolgerung daraus lautet: Der Ursprung unserer weltweiten Misere kommt aus den Staaten. Auch ziemlich logisch: Denn wer in der Welt verfügt schon über so viel Geld außer den Amerikanern. Aber die Struktur habe ich jetzt verstanden und auch, wie alles angefangen hat.

Der Beginn war in den USA, wo eine Gruppe von Bankern versuchte, den Staat zu unterwandern. Basis war das Geld, das sie ja zur Genüge hatten. Das war zwar schon immer so. Nur der Unterschied zur Vergangenheit war, dass früher Manhattan insgesamt je nach Größenordnung schon die USA regierte. Aber jetzt dominierte nur noch eine relativ kleine Gruppe im Staat, und zwar allein, der Rest von Manhattan blieb außen vor.«

Sven nickt zustimmend. »Jetzt ergibt auch die Aussage von Tommy Nurnberger Sinn, dass die

Außenvorstehenden kurzerhand liquidiert worden sind. Das Fest bei den Rosenbergs hat sich als glänzende Gelegenheit dazu angeboten.«

»Die USA bildeten also den Anfang, an und für sich nichts Besonderes. Es blieb beim alten System der USA: Wenn ihnen irgendwo etwas nicht passte, wurde ein Krieg inszeniert, der meistens nicht gewonnen wurde. Beispiele: Vietnam, Afghanistan, Irak und so weiter. Aber das große Geld war immer der Gewinner. Nun dachten die neuen US-Banker, dieses gelungene System USA ließe sich doch auf die ganze Welt übertragen, dass also nicht mehr irgendwelche Regierungen die Geschehnisse eines Landes dirigieren sollten. Nein, systematisch versuchten die Banker, das Dirigieren selbst zu übernehmen. Sukzessive kamen erst die Industriestaaten dran, danach auch die Entwicklungsländer. Geld regiert die Welt, das war allgemein bekannt. Die Geldelite ging nach folgendem Ritual vor: Neben einem Oberboss sollten noch vierzig Bankerbosse, verteilt über die wichtigsten Länder, die gesamte Welt dirigieren. Zunächst ging alles ziemlich human vonstatten. Geld regiert die Welt, das war ein allgemein bekannter Grundsatz. Nur wenigen schwante, dass die freie Welt plötzlich eine gänzlich andere werden würde. Das ging sogar ziemlich schnell. Als die vierzig Bankenbosse fest im Sattel saßen, ging alles nach ihren Vorgaben. Systematisch arbeiteten Justiz, Polizei, Militär, ja alle, nach den Vorgaben der neuen Machthaber. Wer sich dagegen sträubte, wurde kurzerhand entweder umgebracht oder günstigenfalls eingebuchtet. Demonstrationen wurden blutig niedergeschlagen. Eine Diktatur, schlimmer als bei den Nazis, oder bei den Sowjets wurde weltweit eingerichtet und die eigentlich überholten Systeme von früher wiederhergestellt. Zum Bespiel der Unterschied zwischen Arm und Reich wurde wieder unterstrichen, alle sozialen Errungenschaften wurden gestrichen. Nur um daran Geld zu verdienen! Geld regiert die Welt, auf die schändlichste Art und Weise.«

Sven ergänzt: »An die alten Verhältnisse hat sich die Masse schnell wieder gewöhnt. Aber das Schlimme ist, dass den Menschen jede Freiheit genommen wurde, sich dagegen zu wehren. Unsere einzige Chance liegt noch darin, das Machtzentrum irgendwie zu beeinflussen. Ich glaube, Stefan, du warst aber mit deinem Bericht noch gar nicht fertig, richtig?«

»Richtig, genau wie deine Meinung, dass unsere einzige Chance darin liegt, das Machtzentrum irgendwie zu unterminieren. Aber lasst mich erst mal weitererzählen.

Dass ein Oberboss vierzig Unterbosse an die Kandare nimmt, ist auf Dauer unrealistisch. Das ist auch die Schwäche des Systems. Ihr erinnert euch ja an die Mittteilung von Compy, dass einer der Unterbosse die halbe Welt für sich in Anspruch genommen und der Oberboss sogar zugestimmt hat, zumindest hat es so den Anschein gehabt. Zwischenzeitlich ist die ganze Sache nämlich einseitig geregelt worden. Der Unterboss ist einfach umgelegt worden. So kurz und schmerzlos geht das.

Trotzdem mehren sich die Stimmen bei denen, die zumindest etwas zu sagen haben, die eine Revolution befürchten, die dann nicht mehr aufzuhalten ist, wenn die Beschränkungen der Bevölkerung nicht etwas gelockert werden. Dazu herrscht ein Dauerstreit bei den vierzig. Denn andere behaupten, dass die Auflockerungen der Beschränkungen die Revolutionäre nur ermutigen würden.«

Annie hat eine Idee: »Sag mal, Svennie. Hast du deine Bemühungen mit dem Telepather, dem Teli, völlig aufgegeben?«

»Zwangsläufig. Zu Hause bin ich dermaßen unter Kontrolle, da wäre niemals etwas draus geworden. Räume, die so geschützt sind, dass eine Beschattung durch das Geldmafiasystem unmöglich ist, gibt es schon. Aber die Kombination mit einem aktionsfähigen Computersystem ist mir nie gelungen.«

»Du könntest doch in meinem Computerraum daran arbeiten«, schlägt Stefan vor. »Der ist gegen jede Beeinflussung von außen geschützt. Du erinnerst dich noch daran, dass wir schon darüber gesprochen haben, dass du das bisherige Programm in deiner Armbanduhr mit dir herumträgst.«

Sven ist leicht aufgeregt. »Dass man Menschen damit beeinflussen kann, hat der Versuch damals in Kalifornien schon bewiesen. Nur hatte ich zur Programmierung das Computersystem der Uni genutzt. Mein eigener Computer, obwohl mit ansehnlicher Kapazität ausgerüstet, wäre dazu nicht geeignet gewesen. Deshalb habe ich die Sache einschlafen lassen. Ob Compy die notwendigen Kapazitäten hat, müsste erst festgestellt werden.«

Annie lässt nicht locker: »Ich weiß doch, wie oft du schon überlegt hast, den Teli weiter auszubauen. Dann hast du das aufgegeben aus Gründen, die du gerade eben genannt hast. Jetzt allerdings hast du plötzlich die Gelegenheit: in einem Raum, der absolut abhörsicher ist, mit Compy, der bestimmt die notwendigen Kapazitäten hat.«

»Mich stört vor allem, dass ich nicht schon selbst eher darauf gekommen bin.«

»Konntest du nicht, da du ja erst jetzt weißt, was Compy alles kann. Du hast jetzt deine große Chance«, beruhigt Stefan ihn. »Aber da sind wir wieder beim Thema: Ich war noch nicht ganz fertig. Die echte Kontroverse der Meinungen bei den Unterbossen: Da nützte auch die Aversion des Oberbosses gegen jegliche Veränderung des jetzigen Systems nichts. Der Streit geht jetzt bestimmt noch weiter. Und der Oberboss wird wohl kaum in der Lage sein, gleich zwanzig Unterbosse umbringen zu lassen. Meine nächste Aufgabe ist es deshalb herauszufinden, wo die Unterbosse zu erreichen sind.«

»Mal etwas ziemlich anderes«, wirft Rieke ein. »Was ist aus Corona X geworden? Dass das nur teilweise flutscht, beweist doch, dass trotz aller Fähigkeiten der Geldmafia doch irgendwelche Grenzen gesetzt sind. Corona X hat sich in Amerika und Afrika weit verbreitet, aber weniger in Europa und großen Teilen Asiens.«

»Da hat sich der Kampfgeist der Impfstoffhersteller durchgesetzt«, weiß Annie. »Anfangs hieß es, die Impfstoffe gegen Corona I und II wären nicht anwendbar bei Corona X, und müssten völlig neu entwickelt werden. Dann haben ganz Pfiffige herausgefunden, dass der bisherige Impfstoff mit geringfügigen Änderungen durchaus verwendbar ist. Verwunderlich war, dass sich alle Impfstoffhersteller gegenseitig informierten. Unter normalen Umständen undenkbar, aber jetzt ging es um den gemeinsamen Kampf gegen einen unerbittlichen Feind. Selbst Indien blieb von einer Katastrophe verschont.«

Hekli meint: »Ich glaube, unsere einzige Chance ist, mithilfe von Compy herauszufinden, wer diese 40 Unterbosse sind. Ein einziges faules Ei würde genügen.«

»Ich glaube, wir haben unser erstes faules Ei schon gefunden, nämlich den Unterboss in den Niederlanden«, erklärt Stefan. »Der meint nämlich, die Niederländer wären insgesamt so reich, dass sie lieber eine Zusatzsteuer akzeptieren würden, wenn dadurch ihr gewohntes Leben wieder zurückkommen würde. Diese Zusatzsteuer müsste nur so kaschiert werden, dass der Einzelne gar nicht merkt, dass er das Geld an einen einzigen Reichen zahlen müsste. Compy berichtet auch über die Antwort des Oberbosses. Die Sache mit Holland würde nicht funktionieren. Denn wenn das bekannt würde, würden auch andere ähnliche Sonderaktionen anfordern. Das würde das ganze System ins Wanken bringen. Er schlage daher vor, wenn Holland doch so reich wäre, andere Möglichkeiten ausfindig zu machen, um noch mehr abzuschöpfen. Der Name des holländischen Unterbosses ist anscheinend Jan van Vesseln. Der ist diverse Male im Internet zu finden als Repräsentant verschiedener Organisationen. Ich würde Rieke und Hekli auf ihn ansetzen.«

22

Wenige Tage später.

»Herr van Vesseln, wir sind aus einem anderen Grund hier. Um es einfach auszudrücken: Wir wissen, Sie gehören zu den vierzig Adjutanten der Geldelite. Und wir kennen Ihre von Ihrem Boss abweichende Meinung.«

Van Vesseln ist erst erstaunt, dann nachdenklich. Schließlich fragt er: »Woher, verdammt noch mal, kennen Sie mich?«

»Es dürfte Ihnen doch einigermaßen logisch erscheinen, dass wir das nicht verraten dürfen. Gehen Sie mal davon aus, dass wir gerade dabei sind, Ihre Organisation zu zerstören.«

»Das klingt ja sehr interessant, äußerst interessant. Wie wollt ihr das denn wohl hinbekommen.«

»Unsere Geheimnisse jetzt bekanntzugeben, wäre einer unserer größten Fehler. Also lassen wir das lieber. Nur so viel: Wir könnten Sie einfach aufliegen lassen.«

»Wenn ihr das geschickt macht, könnt ihr mich dadurch vielleicht ruinieren. Aber die ganze Organisation damit auffliegen zu lassen? Dazu gehört schon etwas mehr!«

»Wenn wir Ihre Haut dadurch retten, könnte Ihre Zusammenarbeit nützlich sein.«

»Meine Haut dadurch zu retten, klingt schon ganz gut. Aber verratet mir doch mal, wie ihr so was hinbekommen wollt. Wer seid ihr denn überhaupt und wer sind eure Hintermänner?«

»Ich heiße Rieke und bin aus Deutschland, und das hier ist Kevin aus Island. Wir arbeiten in unterschiedlichen Organisationen, die beide nur ein Ziel haben: uns von der Diktatur solcher Gangster, wie du einer bist, zu befreien.«

»Ich habe Benny, unserem Oberboss, schon mehrere Male gesagt, dass sein System auf Dauer nicht tragbar ist. Für Holland hatte ich Erleichterungen vorgeschlagen. Allerdings bin ich damit nicht im Geringsten auf Gegenliebe gestoßen. Übrigens: Nennt mich einfach Jan.«

»Im Allgemeinen nennt man mich Hekli. Warum? Das ist eine lange Geschichte. Also zurück zu dir, Jan. Wir kennen deine Geschichte mit Benjamin, auch dass er vorgeschlagen hat, die Niederländer wegen ihres Reichtums noch weiter auszuquetschen.«

»Da sitze ich in einem Dilemma. Einerseits will ich die Repressalien vom holländischen Volk abwenden, andererseits soll unsere Bank noch weiter daran verdienen.«

»Alle Firmen, auch die Banken, sollen verdienen. Wenn ihr das auf ein vernünftiges Maß zurückschraubt, hättest du zum Schluss, wenn wir das richtig arrangieren, also wenn eure ganze Geschichte auffliegt, noch eine weiße Weste.«

»Ich habe Benny schon mehrere Male darauf hingewiesen, dass irgendwann mal solche Typen wie ihr aufkreuzen würden und das ganze System zum Wackeln bringen. Er würde als US-Bürger dafür garantiert die Todesstrafe bekommen.«

»Und was hat Benny darauf geantwortet?«

»Er hat daraufhin nur gelacht und gemeint, man müsse die Menschheit noch mehr ausziehen, sodass sie gar nicht auf die Idee kommt zu opponieren. Ich weiß jetzt wahrhaftig nicht, wie ich mich verhalten soll. Die Menschen nach Bennys Vision noch weiter auszuquetschen? Hm. Euer Vorschlag mit der weißen Weste spricht jedenfalls für sich.«

»Lass dir Zeit und denk in Ruhe darüber nach!«

23

Später.

Rieke ist nachdenklich. »Weißt du was? Der Jan kam mir nicht ganz echt vor. Ein richtiger Manager reagiert anders. Entweder hat der wirklich Dreck am Stecken, vielleicht ist der aber auch nur eine vorgeschobene Person und ist bewusst auf unsere Story eingegangen. Jetzt amüsiert der sich vielleicht noch über uns.«

»Ich glaube auch, dass war alles nur Taktik von denen. Ein bisschen war vielleicht richtig. Aber was? Wir sollten noch etwas hier in Holland bleiben und Näheres über van Vesseln herausfinden.«

»Ich gebe dir völlig recht. Nur wird das recht schwer. Wir kennen hier doch niemanden.«

»Ich würde zwei Dinge vorschlagen: Wir gehen morgen zu unserer Botschaft und fragen, ob die van Vesseln überhaupt kennen, und dann rufen wir Stefans Spezialnummer an, sagen nur ›van Vesseln, Holland‹ und legen wieder auf. Da sämtliche Telefonate registriert werden, hören die nur das Gesagte, kennen aber weder den Empfänger noch den Absender, da ja auch wir ein nicht registriertes Handy benutzen.«

24

Die Botschaft kannte van Vesseln nicht. Man gab sich auch keine Mühe, etwas darüber herauszufinden. Und seine wahre Identität erkennen, hielt man für ein Risiko. Denn wer wusste schon, ob nicht der Botschaftsangestellte sofort alle Nachrichten weitergeben würde.

Und die Banken abzuklappern? Tatsächlich ein Erfolg! Nur, der van Vesseln dort entpuppte sich als Jüngling, gerade von der Bank als Azubi eingestellt.

Als Stefan, dann »Hierherkommen« anbot, entschloss sich Hekli, seine Tochter doch nicht in der Toskana zu besuchen, dafür aber über Rom – wie Rieke über Paris und Madrid also ebenfalls auf Umwegen – nach Lanzarote zu gelangen.

»Jetzt sind wir wieder auf Lanzarote. Die Insel ist ja recht hübsch. Aber als wir zum zweiten Mal hier waren, sagte ich zu mir: Jetzt ist genug. Anscheinend doch wohl nicht! Weshalb nun die Order, wieder hierherzukommen?«

»Hallo, Rieke, hallo, Hekli. Wir wussten, dass ihr in Holland auf verlorenem Posten wart. Und da über Telefon oder Mails keine Mitteilungen möglich sind, sahen wir die einzige Möglichkeit, in Ruhe über alles zu reden, wenn ihr wieder hierherkommt.«

»Ja, so schlecht ist Lanzarote ja auch nicht. Nein, es ist sogar richtig hübsch geworden hier. Man hat sehr viel getan, ungeheuer viel, insbesondere durch die Initiative von Luizas Vater, dem General. Er hat für eine moderne Entsalzungsanlage gesorgt. Dadurch ist genügend Wasser vorhanden, damit alles blüht und grün werden konnte.«

25

Annie ist von der kleinen Luiza ganz angetan.

»Ich habe festgestellt, dass sie immer noch bei euch ist. Renate, hat das mit der Gesundheit der Mama nicht so gut geklappt?«

»Doch, einigermaßen. Die Mama ist noch ziemlich schwach, und da haben wir den Vorschlag gemacht, auch die Mama bei uns aufzunehmen, bis sie wieder richtig gesund ist.«

»Und die fühlen sich alle wohl dabei, auch die Mama?«

»Vor allem die Mama. Die genießt alles. Sie hat genügend Hilfe durch die Schwester, die ursprünglich für die Babys eingestellt worden ist, dann auch die Omita übernommen hat und jetzt auch noch für die Mama da ist. Ohne die Hilfe von Luiza wäre das gar nicht möglich gewesen.«

»Ich bewundere diese kleine Luiza, die mit ihren vier Jahren schon wie eine kleine Managerin auftritt, so als wäre es eine Selbstverständlichkeit.«

»Du musst sie mal im Kindergarten erleben. Sie vertritt mich, ohne dass wir jemals darüber gesprochen haben, dirigiert die Kinder, die viel älter sind als sie, und die gehorchen, ohne dass jemand protestiert.«

Annie denkt an ihre Tochter Lea. Die ist zwar nicht ganz so resolut wie Luiza. Vieles erinnert sie aber an sie.

»Luiza, ich muss dich bewundern. Du dirigierst alle, als wärst du schon eine Erwachsene.«

»Das macht wir Spaß. Dann passiert das einfach so. Ich mache aber auch Dinge ganz für mich allein.«

»Und was machst du da so?«

»Hm, was mach ich da so? Zum Beispiel hab ich angefangen, Gedichte zu schreiben.«

»Darf ich die mal sehen?«

»Ich weiß nicht, ob dir so was gefällt. Die sind ohne Reime. Ich schreibe einfach so – was mir einfällt.«

Annie schüttelt den Kopf. Sie hat die kleinen Gedichte erst einmal durchgelesen, dann noch mal, und dann noch mal.

»Du magst sie nicht. Du hast sie schon dreimal durchgelesen.«

»Ja, dreimal durchgelesen. Aus sehr gutem Grunde: Ich musste mich in deine Gedankenwelt hineinversetzen. Und das hat mich sehr erstaunt. Eine Vierjährige beschreibt die Welt regelrecht wie ein Dichter!«

»In wenigen Tagen werde ich fünf. Und dann darf ich sogar bald in die Schule gehen. Aber vorher feiere ich meinen Geburtstag, im Kindergarten. Die Erwachsenen dürfen da auch hinkommen. Du bist auch eingeladen, natürlich nur, wenn du willst.«

»Natürlich. Ich komme gerne! Wo feiert ihr denn?«

»Sagte ich doch schon: im Kindergarten. Alle Kinder freuen sich schon darauf. Renate hat für Mama und Omita bequeme Rollstühle gemietet.«

»Und sind noch andere Erwachsene dabei.«

»Klar. Eure Freunde, Rieke und Hekli, dann natürlich Stefan und mein zukünftiger Kollege.«

»Dein zukünftiger Kollege? Wer ist das denn?«

»Na, wer wohl? Sven, dein Mann, der ist doch Arzt! Und ich will auch Ärztin werden, entweder für Kinder oder für ganz Alte. Das muss ich mir noch überlegen.«

26

»Schön, dass wir wieder zusammen sind«, beginnt Stefan. »Wir haben jetzt die Namen aller vierzig Wichtigen, die die Welt beherrschen. Aber alle Versuche, im Netz Näheres über sie zu erfahren, sind fehlgeschlagen. Mit anderen Worten, alles sind nur Pseudonyme, keiner von ihnen ist echt. Auch der Niederländer van Vesseln nicht. Aber wir haben per Zufall heute seinen richtigen Namen entdeckt: Jan Wassenar.«

»Welcher Zufall hat euch denn zu dem richtigen Namen geführt?«, will Hekli wissen.

»Bestimmt ein Fehler in der Bedienung, anders kann ich das nicht erklären. Wir wissen doch seit einiger Zeit, dass die Holländer im Clinch mit dem Oberboss sind. Über Compy können wir feststellen, wie sich die beiden ineinander verhaken. Übrigens hat der Holländer noch einen Kumpel, nämlich den belgischen Vierziger. Der tutet ins selbe Horn wie der Niederländer und von dem haben wir auch den richtigen Namen. Bei der Gelegenheit haben wir den richtigen Namen des Oberbosses erfahren: Benjamin Holzman.«

»Wenn ihr die richtigen Namen habt, könnt ihr doch die gesamte Vita von allen dreien feststellen«, glaubt Rieke.

»Über alle möglichen Kanäle haben wir versucht herauszufinden, welchen Dreck die drei irgendwie am Stecken haben. Bisher sind aber nur weiße Westen dabei herausgekommen. Wir sind aber noch dran.«

»Und irgendetwas über Jan Wassenar?«

»Nur dass er Vizepräsident der größten holländischen Bank ist, verheiratet, drei Kinder, alles bestens. Übrigens haben wir ein Bild von ihm. Kommt er euch bekannt vor?«

»Klar. Das ist doch van Vesseln! Wenn ich jetzt über unser Gespräch mit ihm nachdenke, finde ich Einiges, was er gesagt hat, nicht ganz unklug. Wir haben ihm ja angedroht, ihn auffliegen zu lassen. Und das hat er nicht so einfach hingenommen.«

»Schmieden wir das Eisen mal weiter. Wir nehmen an, dass die Informationen über ihn richtig sind, also hat er wirklich eine weiße Weste. Der Drahtzieher ist der Chef oder der Besitzer der Bank und Jan ist nur vorgeschoben und muss die Kohlen aus dem Feuer holen. Wir brauchen also echte Informationen über die Besitzer und den Chef der Bank. Daraus lässt sich dann vielleicht was machen.«

27

Annie nimmt Luiza beiseite.

»Ich finde das mit deinen Gedichten richtig fantastisch. Du hast übrigens recht: Ich musste deine Gedichte mehrere Male lesen, um den tieferen Sinn zu begreifen. Ich denke an viele deutsche Dichter der Vergangenheit, deren Gedichte auch nicht so einfach zu verstehen gewesen sind.«

»Manchmal war das schon kompliziert. Ich wollte doch auch, dass die Menschen verstehen, was ich damit ausdrücken will. Weißt du, das erste Buch, das ich selbst lesen konnte – es ging um Sancho Panza und Don Quijote – ich fand das so lustig, als er gegen die Windmühlen ankämpfte. Später kam mir in den Sinn, was der Dichter damit sagen wollte. Vielleicht, dass wir Menschen uns gewisse Dinge vorgaukeln, die in Wirklichkeit ganz anders sind.«

»Dass du dir darüber Gedanken machst, ist schon ganz schön erstaunlich. Du erinnerst mich an meine Tochter Lea. Die hat mit sechs angefangen, Märchen zu schreiben. Und die hat sie dann im Kindergarten immer wieder vorlesen müssen. Die Kinder waren ganz verrückt nach neuen Märchen, wollten aber auch die alten immer wieder hören«

»Ich nehme an, dass deine Lea schon etwas älter ist. Was ist aus ihr geworden?«

»Anfangs ist sie eine bekannte Romanschriftstellerin geworden. Nach dem fünften Roman wurde ihr das Bücherschreiben aber doch zu langweilig. Sie ist erst Altenpflegerin geworden und dann Ärztin.«

»Genau so, wie ich das mal will. Und hat sie sich da spezialisiert?«

»Ja, sie ist bei den Alten geblieben.«

28

Luizas Geburtstagsfeier ist ein toller Erfolg. Renate hat sich viele Gedanken gemacht, damit alles wie am Schnürchen läuft. Doch sie braucht sich kaum zu kümmern. Denn Luiza nimmt ihr kurzerhand das Konzept aus der Hand. Renate lässt sie gewähren. Zum Abschluss liest Luiza ihre erste selbstverfasste Geschichte vor. Die Kinder sind begeistert und wollen immer noch mehr.

Renate macht sich dennoch die ganze Zeit Sorgen um Luiza und spricht deshalb ihre Mama an.

»Sag mal, Elena, habt ihr euch eigentlich Gedanken darüber gemacht, dass Luiza so furchtbar intelligent ist? Hoffentlich übernimmt sie sich damit nicht irgendwann einmal.«

»Wir machen uns auch Sorgen darüber. Esteban, mein Mann, sagt, dass komme von seinem Vater. Der war wohl auch so intelligent, hätte sechs Sprachen gesprochen, aber nicht die Fähigkeit besessen, seine Intelligenz irgendwie besonders zu nutzen. Für uns ist es wichtig, Luiza so zu leiten, dass sie nicht mit aller Gewalt alles lernt, sondern ihr Wissen richtig verarbeitet. So hab ich ihr beigebracht, mit den Babys fertig zu werden, da ich schon längere Zeit gewusst habe, dass ich ins Krankenhaus muss. Und sie hat alles mit einer solchen Selbstverständlichkeit hingenommen. Das hat mir die Sicherheit gegeben, dass Luiza ihre Intelligenz besser nutzen wird als ihr Großvater.«

»Davon bin ich fest überzeugt. Nur ein Beispiel: Mit einer Selbstverständlichkeit managt sie den Kindergarten. Erst habe ich mich noch dagegen gesträubt. Dann habe ich gemerkt, dass ihr sonst etwas fehlt und dass das Managen zu ihrem Naturell gehört. Ich habe sie also gewähren lassen und sie damit zu einem noch glücklicheren Menschen gemacht.«

»Ich bin auch glücklich, das von dir zu erfahren. Wir machen uns Sorgen wegen der Schule. Sie will schon mit fünf Jahren dahin, das werden wir auch wohl kaum verhindern können. Nur wie es dort wohl weitergeht?«

»Ich weiß von Deutschland, dass solche Schüler früher dann ein, zwei Jahre übersprungen und dann schon mit fünfzehn Abitur gemacht haben. Jetzt haben gute Schulen Extraklassen für Hochbegabte. Aber hier?«

»Dazu hat uns niemand eine wirkliche Auskunft geben können. Wir haben auch gehört, dass Hochbegabte nicht unbedingt gute Schüler sind. Vor lauter Langeweile nehmen einige am Unterricht gar nicht mehr teil.«

»Ich glaube, nein, ich bin mir sogar sicher, sie wird in den Unterricht eingreifen, um sich die Mitschüler vorzunehmen, die dem Unterricht nicht richtig folgen können.«

»Ob das gut geht?«

»Das geht gut, wenn man auf die Besonderheiten von Luiza eingeht. Ich habe die Stärken der kleinen Luiza kennengelernt. Warum überlasst ihr, dein Mann und du, Luiza nicht mir, zumindest für eine gewisse Probezeit, um sie auf die Schulzeit vorzubereiten? Die Lehrer müssen da natürlich einbezogen werden.«

»Das klingt doch erfolgsversprechend. Ich bespreche das mit Esteban, okay?«

29

»Jetzt sind wir also wieder in San Francisco. Diese verdammte Geldelite zwingt uns tatsächlich, Tommy Nurnberger noch einmal zu kontaktieren. Ach, Annie, diesmal machen wir das anders als beim letzten Mal. Wenn wir mit Tommy durch sind, gucken wie uns all die Fleckchen hier an, die uns noch von früher bekannt sind. Wir mieten uns ein Auto, fahren als Erstes über die Golden Gate Bridge, einmal hin und dann wieder zurück. Dann tuckern wir ganz ruhig bis nach San José und fahren noch mal an unserem Haus vorbei, alles ganz in Ruhe.«

»Richtig, Svennie. Beim letzten Mal hatten wir überhaupt keinen Blick dafür, wie schön es hier in Kalifornien doch ist. Und dann möchte ich mir Stanford noch einmal ansehen, wo wir gemeinsam erst studiert und hinterher jahrelang gearbeitet haben.«

30

»Große Überraschung, euch nach so kurzer Zeit wieder zu sehen«, staunt Tommy Nurnberger.

»Tja, und du wirst auch überrascht sein, was wir von dir wollen.«

»Eigentlich nicht. Mir schwant da etwas. Ihr wollt von mir wissen, wer aus Manhattan bei dem jüdischen Fest dabei war.«

»Genau das. Wie kommst du nur drauf?«

»Man macht sich so seine Gedanken. Ich wollte das schon beim letzten Mal erzählen, bin aber anscheinend abgelenkt worden. Und dann wart ihr plötzlich weg. Ich hatte versucht, euch telefonisch in Deutschland zu erreichen, hatte dabei aber kein Glück. Und ihr seid extra wegen dieser Namen nach Kalifornien gekommen?«

»Wir hätten dich auch anrufen können. Das Risiko, dass jemand mithört, war uns aber zu groß. Wir wollen bei dieser Gelegenheit auch alle Orte in eurem Land noch einmal ansehen, in denen wir damals gewesen sind. Das war eine sehr glückliche Zeit in unserem Leben.«

»Es hat sich Einiges geändert in unserem Land.

Die Schere zwischen Arm und Reich ist bedenklich weit auseinandergegangen. Und es wird nichts dagegen unternommen, als ob die neuen Machthaber das bewusst so haben wollten.«

»Ja, das ist ihr Kalkül, nur um auf diese Weise noch mehr Geld zu machen.«

»Grausam ist das alles. Ob euch diese Liste hilft? Ich hatte alle Manhattan-Mitglieder, schon damals aufgeschrieben. Denn ich dachte, dass damals schon der Trend bei manchen Bankern vorhanden war, irgendwie die absolute Macht in die Finger zu bekommen. Die Banker auf dem Fest waren wohl dagegen, sonst hätte man sie nicht umzubringen brauchen.«

»Klingt plausibel. Auch einigermaßen plausibel klingt, dass die Geldelite von Amerika aus gesteuert wurde. Hast du den Namen Benjamin Holzman schon mal gehört?«

»Holzman? Klar! Das ist aber ein ganz kleiner Fisch, einer mit ganz großer Klappe und wenig dahinter. Wie kommt ihr denn auf Benny Holzman?«

»Nach Informationen von dritter Seite ist Holzman der Boss der ganzem Geldelite.«

»Der Holzman? Nie! Der ist nur vorgeschoben. Der wahre Macher steht irgendwo dahinter. Es muss also eine Verbindung zwischen Holzman und dem echten Macher geben. Aber wie das in Erfahrung bringen?«

31

»Weißt du, Svennie, das, was Tommy gesagt hat, war echt hilfreich. Aber was willst du jetzt mit der Liste machen, die Tommy dir gegeben hat?«

»Das weiß ich noch nicht so richtig. Tommy hat ja nicht nur die Namen aufgeführt, sondern auch die jeweilige Bank mit angegeben. An und für sich müsste ich die Liste an Stefan schicken. Aber wie, ohne dass es herauskommt?«

»Denk doch mal darüber nach, ob Folgendes machbar wäre: Du hast doch ein nicht registriertes Handy bei dir. Damit machst du erst einmal ein Foto von der Liste. Und dann schickst du dieses Foto an Stefans ebenfalls nicht registriertes Handy in seinem Bunker. Stefan schickt dir auf selben Weg alles Notwendige, was wir für die Kontaktaufnahme hier brauchen.«

»Wie du schon vermutet hast: prompte Antwort von Stefan. Die beiden wichtigsten Gruppen in den USA sind die Morgans und die Rockefellers. Und wenn es mit denen nicht klappt: die Rothschilds und Warburgs. Diese vier gehören mit ziemlicher Sicherheit nicht zur Geldelite, denn ihre Vertreter mussten ja alle bei Rosenbergs Fest ihr Leben lassen.«

Annie ist nachdenklich. »Hört sich zwar gut an. Nur, wie sollen wir, die überhaupt nichts vom großen Geld verstehen, uns mit denen in Verbindung setzen? Und worüber sollen wir denn überhaupt verhandeln?«

»Stefan hat Michael Cullingham und Stan Vonderbrugge als Vertreter der beiden wichtigsten Geldgruppen, nämlich der Morgans und der Rockefeller, eine Mail geschickt und geschrieben: Er sei als Beteiligter bei der Vernichtung der Atombomben von der jetzigen Geldelite zur Persona non grata erklärt worden und habe sich nur dadurch retten können, irgendwo völlig anders zu leben. Er stehe aber in Verbindung zu Wissenschaftlern, die nur ein Ziel hätten, nämlich die Macht der jetzigen Geldelite zu brechen. Einer davon sei zurzeit in den USA und auf der Suche nach Gleichgesinnten. Er hat meine Handynummer angegeben. Ein verdammtes Risiko!«

»Wo siehst du ein Risiko?«

»Dass Stefans Mail in die falschen Hände gerät.«

»Seitdem wir uns daran beteiligen, Svennie, sind wir immer irgendwelchen Risiken ausgesetzt. Sieh das doch einfach mal positiv. Das Schlimmste wäre, wenn sich niemand darauf meldet.«

»Nein, das Schlimmste wäre, wenn die Morgans oder die Rockefeller die Seiten gewechselt haben und uns ins offene Messer laufen lassen.«

»Wenn ich jetzt darüber nachdenke, kann uns das sowieso passieren. Die decken ihre Karten einfach nicht auf. Wie sollen wir das auch feststellen? Lass uns darüber nachdenken, bevor wir die nächsten Schritte machen!«

32

»Michael hier, Michael Cullingham. Ich habe eine verdammte Mail über diese verdammte Situation in der verdammten Welt erhalten. Und ihr habt einen Weg, um diese verdammte Welt zu retten?«

»Wir sind dabei. Jetzt geht es nur darum festzustellen, wer diese verdammten Kerle sind, die diesen verdammten Schlamassel verursacht haben.«

»Ist das alles, was ihr wollt?«

»Im Moment schon.«

»Verdammt. Was habt ihr davon zu wissen, wer dahintersteckt?«

»Wenn wir genau wissen, wer der Drahtzieher ist, hätten wir die Mittel, uns gegen diese Leute zu wehren.«

»Und welche Mittel wären das?«

»Schon mal was von ›Top Secret‹ gehört?«

»Ja, war eine blöde Frage von mir. Wir sollten uns treffen.«

»Wenn ihr mir den Drahtzieher nennt, könnten wir uns ein Treffen sparen.«

»Ehrlich gesagt, Genaueres wissen wir auch nicht.«

»Glauben wir euch nie. Ihr sitzt hier an der Quelle, habt genauso viel Geld wie die Geldmafia oder ihr hockt sogar mit denen zusammen.«

»Ich wiederhole meine Bitte nach einem gemeinsamen Gespräch an einem geheimen Ort, vollkommen abgeschirmt. Wir müssen doch herausfinden, ob und wie wir uns gegenseitig helfen können.«

»Und wer garantiert uns, dass wir nicht reingelegt werden?«

»Ich, Lord Michael Cullingham, einer der reichsten Männer der Welt. Ich schicke euch einen Wagen. Er ist in zehn Minuten bei euch.«

»Verdammt nett, dass ihr gekommen seid. Ihr nennt mich Michael, und ihr seid Annie und Sven. So, damit haben wir die Formalitäten geregelt. Ihr seid hier bei uns im tiefsten Keller. Hier sind wir geschützt gegen jede Beeinflussung von draußen. Ursprünglich gegen Atombomben, die es ja gottseidank nicht mehr gibt. Kaffee oder Tee?«

»Keins von beiden, im Moment jedenfalls nicht.«

»Übrigens gratuliere ich dir zu dieser tollen Frau, die du mitgebracht hast. Deine Frau oder deine Freundin?«

»Beides.«

»Wenn mich nicht Einiges täuscht, seid ihr schon lange zusammen. Habt ihr Kinder?«

»Ja, drei, die sind aber schon erwachsen.«

»Entschuldigt bitte, dass ich diese persönlichen Fragen stelle. Wenn ein Wissenschaftler eine so attraktive Frau mitbringt, ist das entweder eine gerade Aufgegabelte oder eine Jugendliebe.«

»Jugendliebe ist richtig. Sie war fünfzehn, ich sechzehn.«

»Habe ich irgendwie geahnt. Ich selbst hatte nie dieses Glück. Wenn man etwas Geld hat, sehen eben viele Frauen nur das. Ich habe nie die Richtige gefunden und damit auch keine Kinder. Und jetzt haben wir gemeinsam den Mafiaschlamassel am Hals. Wie seid ihr denn auf mich gekommen?«

»Durch das jüdische Fest, bei dem dein Vater oder Großvater ermordet worden ist.«

»Mein Großvater. Und zur selben Zeit übernahm die Geldelite die Welt.«

»Habt ihr denn nie was von denen gemerkt?«

»Doch, schon. Einige Kollegen wollten mehr Einfluss beim Staat. Wir hatten schon genug davon in der Regierung, mehr wollten wir aber nicht. So ist es dann zum Knatsch gekommen. Wir haben lange überlegt, ob unsere damaligen Gegner für das Massaker bei dem Fest beteiligt waren. Ich glaube jedoch nicht, denn sie sind alle von der Bildfläche verschwunden. Das Zepter haben jetzt andere in der Hand, und wie ich schon am Telefon sagte: Wir wissen auch nicht, wer dahintersteckt.«

»Aus dem Internet haben wir den Namen Holzman erfahren.«

»Ja, Holzman ist nur der Deckname. Man hat versucht, den echten Holzman auszuquetschen, allerdings ohne jeden Erfolg.«

Annie hat bisher nur zugehört. Jetzt ergreift sie das Wort.

»Darf ich auch mal was sagen? Svennie, wenn man den Holzman ausfindig machen kann … kannst du dann nicht den Teli ausprobieren, um mehr Einzelheiten aus ihm herauszukriegen?«

»Klärt mich einer auf, was es mit dem Teli auf sich hat?«

»Lass mich das mal erklären. Du, Svennie, würdest das nur herunterspielen, deine eigene Erfindung. Also, Michael, ich erkläre dir das etwas genauer. Menschen umzufunktionieren durch gewisse Medikamente oder Bestrahlung – das gibt es schon zur Genüge. Das Umfunktionieren auf den Zeitpunkt der Bestrahlung zu beschränken und sich hinterher an nichts mehr erinnern zu können, das gab es bisher noch nicht. Der Telepather, kurz Teli, schafft das aber. Sven hat nur zwei davon hergestellt, damit niemand Unfug mit den Geräten treibt.«

»Und der Teli soll den Holzman dazu verleiten, alle Geheimnisse preiszugeben?«

»Genau das. Ich hatte vergessen, das zu erwähnen.«

»Und unser gemeinsames Problem ist es, Näheres über Holzman zu erfahren.«

»Unser Problem, ja. Ob unser gemeinsames, das muss sich erst noch herausstellen.«

33

Später.

»Ob Michael, der Lord, wohl die Wahrheit gesagt hat? Ich glaube das jedenfalls nicht. Ob der wirklich ein Lord ist? Dann müsste er doch ein Tommy sein! Und wenn der so viel Geld hat, weiß er nichts über seine Peiniger?«

»Wir verschwinden erst einmal aus diesem Hotel. Weißt du noch die Adresse von Sonny? Der ist der Einzige, neben Tommy, den wir hier in dieser Gegend kennen. Ob der uns helfen kann? Seine Frau hat doch einen schlauen Eindruck gemacht.«

»Die arbeitete doch bei den Bankern. Wo die genau hingehörten, haben wir nie so richtig feststellen können. Ob das alles nur getrickst war, diese Einladung nach Washington und das ominöse Essen? Die beiden stellten sich ja dabei ja als Teil der Regierung vor, die in Wirklichkeit zur Geldmafia gehörte, oder? Und zum Flughafen hatten uns welche begleitet, die angeblich Gegner der Geldmafia waren. Komplett verstanden habe ich die Gemeinsamkeit der beiden Gruppen ohnehin nicht. Und wenn wir jetzt Sonny kontaktieren, kämen wir wieder mit Leuten zusammen, von denen wir nicht genau wissen, wo die hingehören. Wir kommen damit von einem Schlamassel in den nächsten.«

»Wir sollten als Erstes eine Mail an Stefan senden. Der soll Compy über den Lord ausquetschen, auch über diesen Vonderbrugge, der sich nicht bei uns gemeldet hat. Und dann noch, ob man mehr von Sonnys Bankern erfahren kann.«

»Wir senden die Mail aus einem U-Bahnhof, wo sich zwei Linien kreuzen, und wir nehmen die untere Linie, um sicher zu sein, nicht abgehört zu werden, Wir warten dann eine Zeit lang, vielleicht bekommen wir ja schnell eine Antwort.«

Die Antwort kommt wirklich schnell.

Cullingham ist halber Brite und tatsächlich ein Lord, und einer der reichsten der Welt noch dazu. Man habe auch Einiges über Vonderbrugge erfahren, und zwar die Aussage, dass man tatsächlich nicht Genaueres über die Führungsverhältnisse bei der Geldelite sagen könne. Der Grund sei, dass man von der Geldmafia nur geduldet werde und man jeden Kontakt mit ihnen tunlichst vermeiden wolle.

Vonderbrugge betrachtet den Kontakt mit Cullingham als Risiko. Man sei aber an einer Zusammenarbeit interessiert und versuche, mehr Einzelheiten in Erfahrung zu bringen.

»Wenn das stimmt, wäre der Lord der Erste einigermaßen Ehrliche in diesem Schlamassel. So, und was sagt Stefan über Sonny?«

Der ist wieder Kapitän auf seinem Flussdampfer geworden. Gisele, seine Frau, hat die Finanzen in die Hand genommen, das Haus abbezahlt und das restliche Geld angelegt, so wie sich das für eine Bankerin gehört. Um für die Kinder mehr da zu sein, arbeitet sie nur noch halbtags, ist aber auf der Karriereleiter eine Stufe höhergestiegen. Sie ist jetzt Vizepräsidentin von irgend so einem Bankerclub. Was machen wir jetzt mit denen? Ob Gisele uns da weiterhelfen kann? Die beiden Banker sind doch nach dem Essen einigermaßen gesprächig gewesen!

»Da wir jetzt wieder in der Nähe von New York sind, kann uns ein kurzer Trip nach Connecticut sicher nicht schaden.«

»Gerne. Mich interessiert vor allen Dingen, wie Sonny so wohnt und seine Familie, die er so gelobt hat.«

»Du willst also nach Connecticut, nur um die boxende Familie kennenzulernen?«

»Natürlich nicht nur, aber doch, schon. Denn ich gehe davon aus, dass sich dadurch die Holzman-Sache regeln lässt.«

»Holzman ist nicht das Einzige, der uns interessiert. Nur befürchte ich, dass die Typen, die uns damals zum Flughafen begleitet haben, heute nicht so viel mehr wissen als damals. Wer weiß? Vielleicht hängt Gisele ja mit denen zusammen.«

34

»Na, das ist aber eine Überraschung«, freut sich Gisele. »Was macht ihr denn hier? Wieder die Welt retten?«

»Teilweise schon. Aber was mich wirklich interessiert, ist zu sehen, wie ihr hier wohnt«, erklärt Annie. »Denn Sonny hat immer wieder von dem Haus gesprochen, das er abbezahlen müsse und das so groß sei, weil jedes seiner Kinder ein eigenes Zimmer hat. Das Haus ist wirklich imposant, noch viel schöner, als Sonny es damals geschildert hat.«

»Das Haus wurde uns damals angeboten, ganz neu und sehr preiswert, weil der ursprüngliche Besitzer plötzlich kein Geld mehr hatte, um alles zu bezahlen.«

»Und weil das Haus dann vier Kinderzimmer hatte, boten sich auch vier Kinder an.«

»So in etwa schon. Wir wollten immer schon mindestens drei Kinder haben, das vierte kam dann eben so.«

»Und Sonny erzählte, dass alle vier so gut im Boxen wären. Haben die sich denn laufend hier geprügelt?«

»Nein, überhaupt nicht. Entstanden ist alles durch die Schule. Da bildete sich eine Gruppe, die durch Prügeln die ganze Schule terrorisierte. Einer ihrer Mitschüler erhielt von seinen Eltern Unterricht im Boxen und der hat unseren Kindern das dann beigebracht.«

»Und haben eure Kinder das dann in der Schule genutzt?«

»Reell, Gott sei Dank. Unsere Kinder haben das dann zu Hause so oft geübt, dass der Terror in der Schule dadurch beseitigt wurde.

In der Woche ist bei uns alles leer, da alle vier studieren. Am Wochenende kommen sie dann noch nach Hause, meistens mit ihren Freunden oder Freundinnen. Wir machen aus jedem Wochenende ein großes Fest und nutzen die Zeit. Denn wir wissen, dass alle irgendwann ihren eigenen Weg gehen werden.«

»Das ist das Schicksal aller Eltern. Unsere drei sind auch inzwischen außer Haus.«

»Aber ihr seid nicht extra hierhergekommen, um über Kinder zu sprechen?«

»Nein, wir wollen eigentlich wissen, wie es mit dieser verrückten Welt weitergeht.«

»Das möchten wir genauso gerne wissen.«

»Ihr seid vielleicht am längeren Hebel!«

»Das scheint vielleicht so, ist es aber nicht. Die Sache mit dem Schiff war einmalig. Wir haben damals versucht, an die Verantwortlichen heranzukommen. Doch die haben uns nur für ihre Zwecke benutzt, ohne dass wir auch nur das Geringste erfahren haben.«

»Und Benny Holzman – habt ihr von dem schon mal was gehört?«

»Klar, der Benny war mal einer von uns. Der wollte in Rente gehen, als er von der Geldelite ein Angebot bekam. Er sollte als der für die USA zuständige Boss der Geldmafia auftreten.«

»Und hat er das?«

»Nie. Er sollte nur seinen Namen hergeben, aber selbst nie in Erscheinung treten. Dann ist er in der Versenkung verschwunden, aber er lebt noch.«

»Und wo?«

»Was wollt ihr denn von ihm? Er ist ein alter, verbitterter Mann, der mit seinem Schicksal hadert. Er hat von der Geldmafia viel Geld dafür bekommen, manchmal in Erscheinung zu treten und ansonsten wie gesagt in der Versenkung zu verschwinden. Heute lebt er abgeschottet völlig allein, hat allerdings einige Pflegekräfte um sich, die mit der Außenwelt nicht in Berührung kommen. Ein Arzt ist der Einzige, der ihn besuchen darf. Ich kann euch gerne die Adresse geben. Aber ihr habt nicht die geringste Chance, ihn auch nur zu sehen.«

Mail an Stefan:

»Im Anhang findest du die Adresse von Ben Holzman. Der ist nur der Strohmann und steht praktisch nicht zur Verfügung. Kann Compy herausfinden, ob der irgendwie übers Netz zu erreichen ist? Ich will über Teli mit ihm in Verbindung treten. Es genügt da, wenn irgendeine Netzverbindung in seiner Nähe ist. Und versuch, über ihn irgendetwas herauszufinden!«

Antwort von Stefan:

»Verschiedene Netzverbindungen, siehe Anhang. Über Holzman sonst nichts vorhanden.«

35

»Hallo, Benjamin. Wie geht es dir?«

»Nicht besonders gut. Mir geht es, ehrlich gesagt, beschissen. Ich lebe hier wie im Knast, kein Kontakt zu irgendjemanden, außer mit dir. Wer bist du denn überhaupt und was willst du?«

»Dich vielleicht befreien. Dazu müsstest du mir sagen, wer dich in diese missliche und beschissene Lage versetzt hat.«

»Die Geldmafia natürlich.«

»Das genügt nicht. Ich brauche Namen und Adressen.«

»Habe ich nicht. Ich weiß gar nichts von denen.«

»Weißt du wenigstens, ob es Amerikaner sind?«

»Die meisten sprechen Englisch nur mit Akzent. Ich konnte nicht herausfinden, welchen. Sie hatten Bärte wie Leute aus dem Nahen Osten. Vielleicht nur Täuschung, auch der Akzent. Ich muss darüber nachdenken. Rufst du mich morgen wieder an?«

36

»Weißt du, Annie, diese Suche nach dem Drahtzieher macht mich ganz mürbe. Auch die Suche
über Compy ist bisher erfolglos. Ich rufe Benny
noch einmal an, obwohl nicht viel dabei heraus-
kommen wird.«

»Hallo, Benny. Der versprochene Anruf. Warst
du erfolgreich, hast du noch irgendetwas herausgefunden?«

»Eigentlich nicht. Nur meine letzte Aussage
möchte ich etwas korrigieren. Ich erwähnte doch
die bärtigen Männer aus dem Nahen Osten. Die
bilden nur die zweite Garnitur. Der richtige Chef
ist Amerikaner mit echtem Yankee-Akzent.«

»Das ist zumindest etwas hilfreich. Bleib bitte
am Ball! Ich ruf dich in vier Wochen noch einmal
an. Verbleiben wir so?«

»Gerne, sehr gern sogar. Du bist mein einziger
Kontakt mit der Außenwelt.«

37

Stefan hat als zweites Team Rieke und Hekli auf die Niederlande angesetzt, die zweite eventuelle Kontaktmöglichkeit mit der Geldmafia.

»Bevor wir wieder dort aufkreuzen, mochte ich gerne meine Verwandtschaft besuchen«, sagt Rieke. »Komm doch einfach mit. Willst du?«

»Gerne sogar!«

Mama und Papa sind froh, ihre Friederike nach so langer Zeit wiederzusehen. Sie wissen nichts von Riekes Sonderbeschäftigungen, brauchen sie auch gar nicht zu wissen. Den Isländer heißen sie herzlich willkommen.

Das Gespräch mit der Oma läuft ganz anders. Opa grunzt nur unentwegt »min Deern, mine söte Deern« und konzentriert sich dann ganz auf das, was Oma zu sagen hat:

»Mein Gefühl sagt mir, dass ihr euch mit der Geldmafia beschäftigt. Gut so! Seid nicht traurig, dass ihr noch nicht erfolgreich damit seid. Denkt an den alten Griechen Heraklit. Der hat schon vor 2500 Jahren gesagt: Nichts ist beständig. So ist es auch mit der Geldmafia. Nur achtet darauf, wenn ihr die endlich los seid, dass nicht andere kommen, und wieder aufs Neue die Welt beherrschen wollen und danach alles tun, sie auch zu behalten.«

Hekli ist ganz angetan von ihr. »Deine Oma hat den sechsten Sinn. Dass sie sogar Heraklit kennt, zeugt von großer Lebensweisheit, und dass sie auf die Gefahr hinweist, dass wieder ein Welt-Beherrscher auftaucht, wenn wir nicht genügend und rechtzeitig darauf aufpassen, zeugt von ihrem Sinn, die Zukunft erahnen zu können.

Ich denke, dass dabei besonders Deutschland in Gefahr ist. Für mich als Isländer ist es einfacher, die Realitäten zu erkennen. Länder mit ähnlicher wirtschaftlicher Stellung wie Japan oder Großbritannien haben keine gefährlichen Nachbarn, selbst die USA nicht.

Seit dem Dreißigjährigen Krieg ist Deutschland umzingelt von Nachbarn, die was von Deutschland wollen: in guten Zeiten euer Geld. Und in schlechten Zeiten wollen die irgendwelche Teile von euch, zum Beispiel Polen wieder Rügen. Noch 1945 haben sie darauf spekuliert. Stalin hat sie damit nicht durchkommen lassen, aber darauf hingewiesen, sie sollten einfach auf den Dritten Weltkrieg warten.

Euer Deutschland ist in Gefahr seit 1871 mit Errichtung des Deutschen Reiches. Damals schmiedeten die Engländer die Allianz gegen die Deutschen, die zum Ersten Weltkrieg führte. Und wer gewann den? Die Amerikaner. Und wer gewann den Zweiten Weltkrieg. Auch die Amerikaner. Und wer beherrschte die Welt, bevor die Geldmafia kam? Die Amerikaner. Und wer versucht, die Welt wieder zu beherrschen, wenn wir die Geldmafia überwunden haben?

Wenn sich Deutschland allein dagegen wehrt, bekommt ihr den Dritten Weltkrieg. Ich möchte daher auf zwei amerikanische Politberater hinweisen, auf Zbigniew Brzeziński und George Friedman: Die sagen beide, dass Amerikas Gefahr die Zusammenarbeit von Deutschland mit Russland sei und dass diese Gefahr mit allen zur Verfügung stehenden Mitteln verhindert werden müsse.

Im Klartext, Deutschland muss sich noch in Zeiten, in denen noch die Geldmafia das Sagen hat, um eine echte Zusammenarbeit mit Russland bemühen, bevor es zu spät ist.

Du hast auch durch das, was deine Oma da versucht hat auszudrücken, doch das Dilemma jetzt kennengelernt, in dem Deutschland sich immer wieder befindet – wie bei den beiden Weltkriegen, wenn wir nichts dagegen unternehmen.«

38

Jan Wassenar alias Jan van Vesseln ist so freundlich und geradezu jovial wie beim letzten Mal. »Na, wo drückt euch denn diesmal der Schuh?«

»Dasselbe wie …«

Jan verliert sein Lächeln. Mitten auf der Stirn tut sich plötzlich ein kleines Loch auf. Sein Oberkörper wankt. Sein Kopf fällt auf den Tisch.

Beide starren auf den leblosen Körper, als wollten sie das Geschehene gar nicht glauben. Dann wird die Tür aufgerissen und die Leiche entfernt. Beide Besucher werden in Handschellen abgeführt. Stundenlange Verhöre folgen.

Sie haben alle Papiere dabei, auch den Nachweis ihrer Beschäftigung.

»Was wollten Sie von van Vesseln?«

»Geld für die Forschungsobjekte, an denen unsere beiden Organisationen arbeiten.«

»Wo ist die Waffe?«

»Erstens haben wir nie eine Waffe besessen, zweitens wissen wir gar nicht, wie man damit umgehen kann und drittens sind uns nur Sekunden nach dem Schuss Handschellen angelegt worden. Dann müsste die Waffe in unseren Taschen, zumindest ja irgendwo im Raum auffindbar sein.«

Das Verhör geht weiter, immer wieder dieselben Fragen und immer dieselben Antworten. Dann werden sie getrennt, doch die Verhörprozedur bleibt dieselbe, bis in die Nacht hinein. Zu essen bekommen sie nichts. Irgendwann reißt ihnen der Geduldsfaden.

Sie werden mit Handfesseln in ein Auto gesteckt. Die Augen werden ihnen verbunden, sodass sie nicht erkennen können, wohin die Reise geht. Nach stundenlanger Fahrt werden ihnen die Augenbinden abgenommen, auch die Handschellen. Sie bekommen ihre Taschen zurück, dürfen aussteigen. Der Fahrer sagte nur »Ihr seid jetzt frei. Tot ziens« und fährt weg.

»Die haben uns auf einem Feldweg ausgesetzt. Wo wir wohl sind? Noch in Holland oder in Belgien oder in Deutschland?«

»Ich schätze mal in Deutschland. Das alles erscheint mir ziemlich ominös. Irgendwie kommt mir das alles wie ein abgekartetes Spiel vor. Vielleicht sind wir nur aus Zufall da hineingeraten.«

»Die haben die Leiche ohne irgendwelche Vorab-Untersuchungen da rausgeschafft. Das ist doch völlig unnormal, auch dass sofort jemand mit Handschellen für uns dabei gewesen ist!«

»Es ist jetzt ungefähr sieben Uhr morgens. Ich sehe da vorne ein paar Häuser. Vielleicht finden wir ein Café oder zumindest irgendetwas, wo man was zu essen bekommt. Mir knurrt gewaltig der Magen, denn wir haben seit dem Frühstück gestern Morgen nichts mehr gegessen.«

»Du hast vorhin gemeint, wir wären da nur aus Zufall hineingeraten. Das hörte sich doch alles ziemlich überzeugend an: was wir wollten, nämlich mehr Informationen über den Oberboss. Dazu bin ich aber gar nicht mehr gekommen, als ich plötzlich das Loch in seinem Kopf gesehen habe.«

»Ich hoffe, dass wir mit einem blauen Auge davongekommen sind.«

»Ich gehe mal davon aus, dass wir irgendwo in Deutschland sind. Da sie uns unsere Handys weggenommen hatten, könne wir das nicht feststellen. Wenn wir etwas zu essen gefunden haben, nehmen wir das nächste Taxi höchstwahrscheinlich zum Düsseldorfer Flughafen, und dann ab nach Hause!«

39

»Ach, Renate, Lanzarote ist so schön. Am liebsten würde ich noch länger bleiben.«

»Weißt du, Annie, dass wir es dem General, dem Vater von Luiza, zu verdanken haben, dass durch eine riesige Meerwasserentsalzungsanlage überall jetzt genügend Wasser vorhanden ist?«

»Ja, Luiza hat mir davon erzählt, auch dass ihr Papa eine Anlage erfunden hat, die gar nicht mehr so viel Energie brauchte.«

»Seitdem ist alles so grün geworden hier. Irgendetwas blüht immer, selbst im Winter.«

»Bei aller Schönheit sehne ich mich nach meinem Zuhause. Svennie hat seinen Job erledigt. Der Teli ist perfekt geworden. Wenn wir dadurch einen dieser Geldtypen erreichen können, am besten den Oberboss oder zumindest die Unterbosse …«

»Mit anderen Worten: Wir finden den richtigen Namen von dem Typen heraus und seine Adresse. Dann erreicht man mit dem Teli, dass zum Beispiel der Oberboss eine Strahlung erhält, die sein Verhalten vollkommen verändert.«

»Ja, genau, und das Besondere daran ist: Der Oberboss soll sich anschließend nicht mehr daran erinnern.«

»Ist damit die Gefahr verschwunden, dass der Oberboss alles wieder rückgängig machen kann?«

»Ja, aber deshalb müssen wir die Beeinflussung möglichst lange aufrechterhalten.«

»Solange wir nicht wissen, wer dahintersteckt, tappen wir im Dunkeln. Halt, wir haben einen vagen Kontakt, nein, sogar zwei: einmal der Belgier und dann den Holzman in den USA.«

»Nach dem Mord in Holland haben Rieke und Hekli beschlossen, den Belgier nicht mehr aufzusuchen. Wir warten einfach ab. Über Compy ist der Teli mit dem Belgier und auch mit Holzman verbunden. Irgendwann wird sich der Oberboss bei denen melden und dann haben wir ihn.«

»Mit dem Teli ist alles nur noch eine Frage der Zeit. Hoffentlich kommt da nicht was Unvorhergesehenes dazwischen.«

40

»Hekli, was machen wir jetzt in Berlin?«

»Na, das Übliche! Irgendwann muss uns doch mal was Vernünftiges gelingen. Sven hat seinen Teli so weit. Sobald wir den Namen und die Adresse vom Oberboss ausfindig gemacht haben, sind wir sofort in der Lage zuzuschlagen.«

»Und wie wollt ihr das einfach so hinbekommen?«

»Theoretisch wäre das ziemlich einfach.«

»Der Zugriff erfolgt, jetzt sag ich es schon wieder, einfach so. Könnte echt einfach sein. Wir brauchen lediglich seine Adresse und der Mann muss sich in der Nähe von elektrischen Leitungen oder Geräten befinden, höchstens dreißig Meter davon entfernt. Die Bestrahlung erfolgt ja über diese Leitungen. Da sind schon Hunderte von Tests gelaufen. Alles ist programmiert und kann bis Australien und darüber hinaus gesendet werden.«

»Klingt tatsächlich einfach. Nur, was erklärt ihr dem Bestrahlten dann?«

»Das ist auch schon alles programmiert. Ihm wird einfach gesagt, was er zu tun hat. Die Bestrahlung ist intensiv und eindeutig, sodass alle Anordnungen befolgt werden müssen. Nur: Solange wir nicht zumindest seinen Namen und seinen Ort wissen, hängen wir völlig in der Luft.«

»Und was machen wir in der Zwischenzeit? Ich meine, bis wir sein Domizil erfahren haben. Däumchen drehen?«

»Noch einmal die Checkliste durchgehen. Was haben wir übersehen? Was fällt uns noch ein?«

»Wir haben das schon x-mal durchgekaut. Uns fällt da partout nichts Vernünftiges mehr ein.«

»Haben wir eigentlich einmal darüber nachgedacht, was mit der Welt passiert, wenn die Geldmafia nicht mehr existiert, mit anderen Worten abgeschafft ist?«

»Darüber habe ich wirklich schon nachgedacht, ziemlich intensiv sogar. Da mir nichts Vernünftiges eingefallen ist, habe ich dir nichts davon gesagt, weil mir nichts richtig Plausibles in den Sinn gekommen ist.«

»Weißt du, ich denke oft an die Zeit vor ungefähr fünfzehn Jahren zurück, als die neue schöne Welt noch funktioniert hat, bis dann die Geldmafia das Zepter in die Hand genommen hat. Erst in Amerika, dann ist alles auf die gesamte Welt übergeschwappt. Gemerkt hat das ja niemand so richtig. Die Geldmafia hat die Gutmütigkeit der Regierungen ausgenutzt, erst mit viel Geld – und das brauchten sie alle, um ihre Ziele durchzusetzen. Und dann schnappte die Falle zu. In der sitzen wir bis heute.«

»Ich erinnere mich noch an die Berichte, die wir in Island damals aus aller Welt erhalten haben. Alle Großen der Welt waren in Berlin zusammengekommen, um gemeinsam ein großes Fest zu feiern, weil alle am selben Strang ziehen wollten.«

»Am selben Strang ziehen? Die USA, Russland und China – alle am selben Strang? Wie hat man das denn geschafft?«

»Das Schicksal meinte es gut mit der Welt. Angefangen hat alles mit dem Wegfall der Atomwaffen. Zwangsläufig wurden alle ganz friedlich. Die USA waren zusätzlich in einer misslichen Situation, weil sie innenpolitische Probleme hatten. Der gesamte Westen wollte sich von Washington trennen, da man die ewigen Kriege satthatte. Die USA verzichteten schließlich auf die Weltherrschaft und behielten immerhin die amerikanische Einheit.

Russland arbeitete damals schon länger mit Deutschland zusammen, um ein Eurasien von Lissabon bis Wladiwostok zu erreichen. China ließ sich vom deutschen Föderalismus inspirieren und schaffte damit einen Flickenteppich insofern, dass die einzelnen Gebiete ähnlich wie in Deutschland sehr viel mehr Rechte erhielten, das alles zulasten der Einheit Chinas.

Man einigte sich am Ende auf eine Dreiteilung der Welt. Gesamtamerika zusammen mit Afrika, dann Eurasien mit dem Nahen Osten und als dritte Gruppe China zusammen mit Indien, Japan und Australien – alle drei in friedlichem Wettbewerb miteinander. Das hat auch funktioniert, bis die Geldmafia das Zepter in die Hand nahm.«

»Da sind wir wieder beim Thema: Was passiert, wenn es uns gelingt, die Geldmafia loszuwerden? Versucht dann nicht wieder jemand, die Weltherrschaft zu übernehmen? Und wer hindert ihn diesmal daran?«

»Mir kam dieser Gedanke schon öfters. Ich wollte aber nicht darüber reden, da mir nichts Vernünftiges dazu eingefallen ist.«

»Je mehr ich darüber nachdenke, denke ich, dass wir als Allererstes über diese Frage nachdenken sollten, schon bevor es gelingt, die Geldmafia loszuwerden.«

»Da hast du unbedingt recht. Nur, was sollen wir als Einzelpersonen da machen. Wir kennen nicht einen einzigen Politiker, der uns da weiterhelfen könnte. Wäre es da nicht besser, den Status quo zu erhalten? Wir haben uns doch so langsam daran gewöhnt?«

»Der Status quo bedeutet das Ende der zivilisierten Welt. Aber mit wem können wir über dieses wichtige Thema reden? Ich kenne da niemanden. Ich glaube, dass alle, die damals die Vereinbarungen von Berlin zusammengebastelt hatten, entweder nicht mehr leben, oder zumindest nicht mehr politisch aktiv sind. Was machen wir also jetzt?«

»Ich wüsste da jemanden: unser früherer Außenminister, der sich damals als Einziger gegen die Machtübernahme der Geldmafia gewehrt hat und dann kurzerhand abgesetzt worden ist. Ich glaube, den gibt es noch.«

»Wie soll uns ein abgesetzter Minister wohl helfen?«

»Lass und doch zumindest mal versuchen, einen Kontakt herzustellen. Ich glaube, der hieß von Traudorf.«

»Google sagt, es gibt tatsächlich einen zu Trautdorff, ehemaliger Außenminister.«

41

»Kommt doch rein. Und um die Formalitäten gleich zu klären, ich bin Poldo. Ja, wirklich Poldo, nicht Poldi, korrekterweise Luitpold. Ich fand den Namen als Kind schon grausam. Dann wollte man Poldi daraus machen. Das fand ich genauso grässlich. Mit Poldo war ich dann aber einverstanden.«

»Hieß nicht einmal ein Bayernkönig Luitpold?«

»Ja, genau. Wisst ihr, ich stamme aus einer Adelsfamilie, deshalb dieser eigentümliche Vorname. Ich habe mich daran gewöhnt. Und wie heißt ihr?«

»Ich bin Friederike und das hier ist Kevin alias Hekli.

»Kevin gefällt mir besser. Warum denn Hekli?

»Tja, das war so eine Idee meiner Mitschüler. Wir hatten in der Schule die isländischen Vulkane in der Mache und da interessierte mich besonders der Hekla, der nur alle zehn Jahre mal ausbricht. Da meinte unser Lehrer, der Hekla ist so einer wie Kevin, der braucht zwar keine zehn Jahre, aber zumindest seine Zeit, um mal etwas von sich zu geben. Ab da hieß ich Hekla, das wollte ich aber nicht. Deshalb ist dann Hekli daraus geworden.«

»Mich interessiert eher, weshalb dein Lehrer dich so langsam fand.«

»Ja, warum? Ich fand den Unterricht halt fast immer langweilig, da ich meistens schon alles wusste. Die haben mich dann in eine andere Schule gewissermaßen zwangsversetzt. Den Namen Hekli hat man mir dann mitgegeben.«

»Also bist du in eine Schule für Hochbegabte gekommen?«

»So sagt man. Dabei bin ich ganz normal begabt, nur interessieren mich eben besondere Dinge und die wurden gottseidank in der neuen Schule behandelt.«

»Und was interessierte dich da so an diesen besonderen Dingen?«

»Na ja, die komischen Machtsysteme in der Welt, die so ganz anders sind als bei uns in Island. Bei uns geht alles seinen normalen Weg. In der restlichen Welt ist das anders. Da gibt es immer welche, die die gesamte Welt regieren wollen. Egal, ob Alexander, die Römer, Bonaparte, die Engländer, Hitler, Stalin oder Bush. Kriege waren stets das Mittel zur Macht. Aber irgendwann haben doch alle dann verloren, zumindest nicht gewonnen.

»Für einen Isländer ist das eine ziemlich vernünftige Haltung. Und was hat dir diese Haltung bisher gebracht?«

167

»Leider nicht viel. Deshalb sind wir ja eigentlich hier.«

»Und wie soll ich euch dabei helfen?«

»Ehrlich gesagt haben wir nicht die geringste Ahnung, wie wir die Welt retten können. Wir gehen deshalb zu Leuten, von denen wir annehmen, dass sie zumindest ein wenig davon verstehen. Und meistens stellen wir dann fest: mal wieder null Ahnung.«

»Mal andersrum, was habt ihr denn erwartet?«

»Du warst mal Außenminister und bist geschasst worden, weil du mit dem neuen System nicht einverstanden warst.«

»Nun gut, jetzt erklärt mir mal richtig, wer ihr seid und was ihr wollt!«

»Rieke, erklär du mal.«

»Wir arbeiten beide in ganz unterschiedlichen Organisationen. Offiziell machen wir Forschungen, meistens über Dinge, die für die Menschheit in zehn oder noch mehr Jahren mal wichtig sein könnten. In Wirklichkeit arbeiten wir beide daran, allerdings auf getrennten Wegen, wie wir die Geldmafia loswerden können. Nur ist uns bisher dafür nichts Zündendes eingefallen, da uns trotz aller Bemühungen die Machtstrukturen der Mafiosi nicht bekannt sind.«

»Dann geht es euch nicht besser als uns. Wir sind die abgehalfterten Politiker der Vergangenheit.

Wir beschränken uns darauf zu überlegen, wie es aussehen soll, wenn wir die Geldmafia irgendwann mal los sind.

Na ja, vor allen Dingen muss die Nato wiederhergestellt werden, damit uns nicht eines Tages die Russen kassieren.«

»Die Idee finden wir beide nicht sonderlich originell. Willst du tatsächlich das alte System wiederherstellen, sodass die Amis Kriege um jeden Scheiß inszenieren können, nur um die Weltherrschaft zu erreichen oder zu behalten?«

»Ihr meint die Arrangements von Berlin? Dass die Amerikaner da auf die Weltherrschaft verzichtet und ein Eurasien einschließlich Russland zugelassen haben? Seit dem Ersten Weltkrieg träumen die Amerikaner von der Weltherrschaft und nach dem Zweiten Weltkrieg hat jeder amerikanische Präsident irgendeinen Krieg angefangen, nur um die Weltherrschaft zu festigen. Die große Ausnahme ist Trump. Ob das nur Zufall war?«

Rieke ist enttäuscht. »Trump ist mir egal. Dass wir aber, wenn wir die Geldmafia endlich losgeworden sind, wieder nach der Pfeife der Amis tanzen müssen, wäre mir alles andere als egal.«

»So habe ich das bisher gar nicht gesehen. Du magst recht haben. Russland war auf dem besten Wege, demokratisch zu werden. Aber durch die

Geldmafia sind die wieder kommunistisch geworden. Wie soll sich das wohl ändern?«

Poldo wird nachdenklich. »Ihr macht mich ganz nervös. Was ihr über die Amerikaner sagt, stimmt irgendwie. Die hatten uns völlig im Griff. Und unsere Politiker haben da mitgemacht, bewusst oder unbewusst. Solange wir das getan haben, was die Amis uns vorgaben, waren wir die besten Freunde. Es ist niemand auch nur auf die Idee gekommen, etwas anderes zu wollen. War das nun gut oder nicht?«

Rieke wird ungeduldig. »Nehmen wir mal, wir werden die Geldmafia irgendwann mal los, dann wäre es doch fatal, wenn wir zur alten Weltkonstellation zurückkehren und so tun, als ob gar nichts Schlimmes passiert wäre. Die Welt muss also neu geordnet werden, zumindest nicht wieder so, wie sich die Amerikaner das immer noch oder immer wieder vorstellen.«

Poldo nickt. »Die Amerikaner hätten das doch sehr einfach: Europa ist sich wieder uneins wie immer. Die Russen sind überhaupt kein Faktor mehr. Die quälen sich nicht nur mit den Forderungen der Geldmafia, sondern vor allem mit dem von der Geldmafia eingeführten neuen Kommunismus, der die Russen noch ärmer und kranker macht. Auch China ist durch den deutschen Föderalismus kein Faktor mehr – zumindest nicht, was die Weltherrschaft angeht.«

Da stimmt Rieke zu. »Da wir zumindest im Moment keinerlei Einfluss auf die Geldmafia haben, bleibt doch als einzige Möglichkeit, wenn wir überhaupt etwas tun wollen, sich darum zu kümmern, wie die Welt nach der Geldmafia aussehen soll.«

Hekli ergänzt: »Mir schwebt da die Berliner Vereinbarung von 2033 vor, die dann wegen der Geldmafia nicht gänzlich realisiert werden konnte.«

Poldo erinnert sich: »Ich war damals noch zu jung, um die Folgen zu beurteilen. Auch danach habe ich nicht besonders intensiv darüber nachgedacht. Jetzt im Nachhinein finde ich die Berliner Vereinbarung nicht nur toll, sondern halte sie für etwas, auf das wir unsere Zukunft bauen können. Niemand will mehr die Weltherrschaft, sondern alle nur einen ehrlichen Wettstreit miteinander.«

»Zu schön, um wahr zu sein! Nein, stimmt gar nicht, wir hoffen, dass wir irgendwann mal diese Berliner Vereinbarung realisieren können. Sie besteht nur aus zwei Seiten. Die bekommst du von mir gemailt.«

42

Sven ist ganz außer sich.

»Renate, guck dir das mal an. Compy hat sich gemeldet mit einer Mitteilung vom Oberboss an den Belgier, anscheinend eine Mahnung: ›Luuk, denk an Holland. Bitte. Pass lieber auf, dass dir nicht das Gleiche passiert. Jacques.‹

Jetzt haben wir ihn, zwar nur seine IP-Adresse. Aber ich bin sicher, dass Compy die richtige Adresse herausfindet, vielleicht sogar seinen kompletten Namen. Aber ich hätte doch zu gern gewusst, wo sich der Typ befindet.

Compy ermittelte tatsächlich sehr schnell Einiges über den Oberboss: Baku, Aserbaidschan. Adresse: Bank of Baku, Vizepräsident Jacques.

Er bekommt die vorbereitete Mail. Jetzt hängt es davon ab, ob alles so klappt, wie sie sich das vorgestellt haben. Hoffentlich geht nichts schief. Es ist alles bis ins kleinste Detail vorbereitet worden. Demnach müsste jetzt eine Reaktion von Jacques, dem Oberboss, erfolgen. Der soll die Anweisungen an die 39 Unterbosse weiterleiten. Der vierzigste Posten, nämlich in Holland, ist noch nicht neu besetzt worden.

Zurück zu Baku:

Die Azeri, so nennt man die Bewohner von Aserbaidschan, sprechen einen türkischen Dialekt. Aber das ganze Konzept ist auf Englisch ausgearbeitet. Ob es da wohl Unterbosse gibt, die gar kein Englisch verstehen? Die könnten aber bestimmt zumindest Englisch lesen? Wir versuchen das einfach.

»Hallo, Jacques, hier ist Sven aus Deutschland. Ich habe dich in eine Situation gebracht, in der du dich mit deinen Unterbossen in Verbindung setzen solltest. Bitte, erledige das sofort. Letztlich geht es darum, das Leben auf der Welt etwas menschenwürdiger zu gestalten.«

»Hallo, Mister aus Deutschland. Ich weiß, dass ihr dabei seid, meine Gedankenwelt durcheinanderzubringen. Euer System ist allerdings nicht ganz sicher, das solltet ihr daher nochmals überdenken.«

»Ich bin dir für jede Anregung dankbar.«

»Keine Leistung ohne Gegenleistung.«

»Und wie stellst du dir die Gegenleistung vor?«

»Ich ahne, was ihr vorhabt. Ihr wollt eure alte Welt zurück. Irgendwann werdet ihr es schaffen, unsere Geldelite loszuwerden. Ich möchte dann mit einem blauen Auge davonkommen.«

»Auch wenn ich dir das jetzt verspreche, habe ich keinen blassen Schimmer, wie ich das schaffen soll.«

»Ich finde es lobenswert, dass du so ehrlich bist. Denk einfach darüber nach. Jetzt sage ich dir trotzdem, was ich vorhin gemeint habe. Ihr versetzt mich in eine andere Gedankenwelt. Ob gut oder nicht gut, spielt im Moment keine Rolle. Aber zwischendurch, immer wieder mal und nur für einige Sekunden, kann ich in die reale Welt zurückkehren. Ihr solltet darüber nachdenken, ob dieses System für alle gut wäre.

Für mich war diese zeitweilige Rückkehr allerdings sehr gut, denn ich habe schon des Öfteren – und je älter ich werde, desto öfters passiert mir das – darüber nachgedacht, wozu es gut ist, so viel Geld zu kassieren und andere Menschen auszunutzen, um noch mehr Geld aus ihnen herauszuholen. Wie gesagt, ihr denkt über meinen Vorschlag nach?«

»Tue ich tatsächlich. Dafür müsste ich aber Einiges über dich wissen. Wie alt bist du? Hast du Familie? Bist du tatsächlich Azeri?«

»Ich beantworte deine Frage gern, allerdings mit sehr viel Wehmut. Ich bin gebürtiger Kurde. Mein ganzes Leben lang wurde ich verfolgt: von der Armut als Kind, deportiert als Jugendlicher. Ich hatte dann eine Familie, die wurde ermordet. Als gebrochener Mann bin ich dann in Aserbaidschan gelandet und habe mich vom Hilfsarbeiter zum Vizepräsidenten hochgearbeitet. Jetzt bin ich 75 Jahre alt und habe einige Ersparnisse, um gut davon leben zu können.

Dass ich für die Superreichen arbeiten muss, stört mich, je länger ich dabei bin. Ich bin froh, dass sich jemand bei mir gemeldet hat, um dadurch diesen ungeliebten Job loszuwerden.«

»Das hört sich nicht sonderlich gut an. Du kannst allerdings nicht ewig so weiterarbeiten. Möchtest du denn als Rentner in Aserbeidschan weiterleben?«

»Nicht unbedingt. Aber wo soll ich denn hin?«

»Nach Deutschland zum Beispiel? Da wollen alle hin.«

»Nach Deutschland? Das kenne ich ja kaum, bin nur ein paar Mal in Berlin gewesen. Das hat mir allerdings sehr gut gefallen. Ich spreche aber kein Wort Deutsch.«

»Kommt Zeit, kommt Rat. In der Zwischenzeit müssen wir uns darum kümmern, unser neues System bekanntzumachen. Mit anderen Worten, du mailst uns die Liste mit deinen neununddreißig Kollegen, denen du die exakten Anweisungen schicken sollst, mit den genauen Vorschriften. Hast du da noch irgendwelche Vorschläge dazu oder eine Idee?«

»Eine Idee schon: Mein russischer Kollege findet eure Vorschläge gar nicht so schlecht. Dem geht es genauso miserabel wie mir. Er fungiert als Lakai für die russische Finanzwelt und sehnt sich nach dem Moment, in dem er denen eins auswischen kann. Ich maile euch die Unterlagen, damit ihr euch direkt mit ihnen in Verbindung setzen könnt.«

»Ich danke dir. Das mit Russland ist für uns besonders wichtig. Und wie sieht es mit den anderen Staaten aus?«

»Genaueres kann ich euch da nicht berichten. Anscheinend haben die Amerikaner das Heft in der Hand. Die Engländer sind nur noch Mitläufer. Eine Sonderstellung bilden die Polen. Die versuchen immer noch, Geld aus den Deutschen herauszukitzeln.«

43

Schock in Baku, Aserbaidschan. Drei Bewaffnete dringen in die Bank of Baku ein, erschießen zehn Mitarbeiter, um zum Vizedirektor zu gelangen. Die Polizei, die sehr schnell zur Stelle ist, erschießt zwei der Gangster, einer wird festgenommen. Der verweigert zwar die Aussage. Es heißt aber, eine Aussage in Aserbeidschan sei nur eine Frage der Zeit.

Der Vizedirektor verlässt das Land aus Sicherheitsgründen mit unbekanntem Ziel.

»Hier ist Jacques. Spreche ich mit Sven aus Deutschland? Er hat mir diese Telefonnummer gegeben.«

»Ja, am Apparat.«

»Ich sollte mich telefonisch melden, wenn etwas Besonderes passiere. Es ist etwas Besonderes passiert: Man hat versucht, mich umzubringen.«

»Ehrlich gesagt, habe ich damit gerechnet. Tut mir leid. Denn ich bin mit meiner Aktion gegen die Geldmafia sicher nicht ganz unschuldig an dieser Misere. Und wie bist du davongekommen?«

»Die Gangster waren richtig tollpatschig. Das Gebäude unserer Bank ist riesig. Mein Büro befindet sich im sechsten Stock. Die Gangster verloren die Fassung, als von ihnen Papiere zur Identifikation verlangt wurden, wie das so üblich ist. Die wollten dann den Zugang zum sechsten Stock mit Waffengewalt erzwingen. Das Resultat war zwölf Tote. Zehn Bankangestellte und zwei Gangster mussten meinetwegen ihr Leben lassen. Zwölf Menschen mussten sterben und ich lebe noch. Ich brauche jetzt so etwas wie Hilfe.«

»Nochmals mein Bedauern, dass wegen unserer Aktion zwölf Menschen ihr Leben lassen mussten. So etwas war nie geplant, ehrlich nie. Selbstverständlich helfen wir dir. Wo befindest du dich denn jetzt?«

»In Paris. Das war die nächstbeste Gelegenheit, aus unserem Land herauszukommen. Wir haben eine Botschaft hier, nur wage ich nicht, dort aufzukreuzen.«

»Hast du wenigstens noch Bargeld, um einen Flug nach Berlin zu bezahlen.«

»Ich habe doch meine Kreditkarten.«

»Über die Kreditkarten kann man aber feststellen, wo du dich befindest. Hast du noch Bargeld?«

»Ja, für den Flug nach Berlin sollte das reichen.«

»Du fliegst nicht direkt nach Berlin. Nimm den nächsten Flug nach Amsterdam oder Brüssel. Hauptsache, du kannst von dort aus noch heute nach Berlin weiterfliegen.«

»Ich glaube, es ist nicht notwendig, so vorsichtig zu sein. Ich bin hier mit meinem ursprünglichen türkischen Namen Bürsani eingereist. Auf den Namen habe ich noch einen alten Pass. Mit dem komme ich auch nach Berlin. Und diesen alten Namen kennt niemand.«

»Gut, Herr Bürsani. Geben Sie uns bitte die Flugnummer und das Ankunftsdatum in Berlin, sobald Sie Ihren Flug gebucht haben. Bis dann, Herr Bürsani.«

44

»Hallo Stefan. Sven hier. Ich möchte mich noch einmal bei dir bedanken, dass dein Programm so schnell und so gut gearbeitet hat.«

»Wie gefährlich da welche sind, kannst du daran erkennen, dass sie sofort ein Mordkommando losgeschickt haben, um den Oberboss umzubringen. Übrigens haben wir den in der Zwischenzeit kennengelernt. Der ist auch nur eine Marionette wie der Holzman. Er sagt aber, dass die wirklichen Drahtzieher in den USA sitzen.«

»Das beruhigt ein bisschen mein Gewissen. Die Gefahr aber ist umso größer. Denn jetzt weiß die Geldmafia, dass sie mit einem Gegner rechnen muss. Die sind keineswegs zimperlich. Alles deutet darauf hin, dass die Zentrale in den USA sitzt. Die haben also gar nicht die Weltherrschaft verloren. Sie haben sie nur gegen die Geldmafia, die sie höchstwahrscheinlich selbst sind, getauscht. Welch genialer Schachzug! Sie ersparen sich damit die ewige Kriegstreiberei und verdienen dadurch auch noch mehr Geld als vorher.«

»Nehmen wir mal an, unsere Theorie stimmt, dann haben wir nur einen Gegner, auf den wir uns konzentrieren müssen.«

»Im Moment fällt mir nichts ein, wie wir an sie rankommen könnten. Wir brauchen dazu wohl eine Form von List.«

»Eine List, genau!«

45

»Was meinst du, Svenny? Wäre es nicht sinnvoll, Herrn Bürsani über die Lautsprecher zu bitten, sich bei der Information zu melden.«

»Ich bin der gesuchte Bürsani.«

»Du bist also Jacques. Erzähl doch mal als Erstes, weshalb du hier bist und was in den letzten Tagen alles passiert ist.«

»Ich verstehe, dass du vorsichtig bist und logischerweise feststellen musst, ob ich tatsächlich Bürsani bin. Erst einmal mein Pass. Ich bin der Vizedirektor der Bank of Baku, gleichzeitig ein unbedeutendes Mitglied der Geldmafia. Ihr habt übrigens mein ganzes Seelenleben mit eurer Aktion durcheinandergebracht. Dann musste ich auch noch Baku plötzlich verlassen, weil man mir ein Gangstertrio geschickt hat, höchstwahrscheinlich um mich umzubringen. Ich bin auf der Flucht und jemand aus Deutschland hat mir Hilfe angeboten. Wart ihr das?«

»Ja, wir. Wir besorgen dir erst einmal ein Hotelzimmer und dann gehen wir was Vernünftigen essen. Wir hoffen, dass du Hunger mitgebracht hast.«

»Ja, einen gewaltigen Hunger.«

Nach dem Essen macht Jacques den Eindruck, unbedingt etwas erzählen zu wollen. Er wäre an die Geldmafia geraten wie die Jungfrau ans Kind. Anscheinend suchte man, und das wohl in jedem einigermaßen großen Land, eine Person, die für das Einhalten der Vorschriften verantwortlich war. Dafür war jeweils ein zusätzliches Team notwendig, ein funktionstüchtiges Team, für das ziemlich viel Geld ausgegeben wurde. Dauernd gab es Kontrollen. Wer im Team nicht spurte, wurde kurzerhand nicht nur entlassen, sondern außer Landes gebracht. Es wurde nie bekannt, was mit ihnen sonst noch geschah. Diese Teams sorgten dadurch für eine Schreckensherrschaft wie in den schlimmsten Diktaturen.

»Und du warst der Boss von diesem Schreckensteam?«

»Nein, keineswegs. Ich hatte mit denen wenig zu tun. Die hatten ihre eigenen Befehlshaber. Ich war nur das Aushängeschild.«

»Dann war unsere Kontaktaufnahme ein Zeichen für dich, eventuell diese Schreckensherrschaft loszuwerden?«

»Ja, völlig richtig. Aber dann brach alles wie ein Kartenhaus in sich zusammen. Ob die Schreckensteams überall so wirken oder überhaupt noch da sind?«

»Das mit den Schreckensteams werden wir überprüfen. Dass die USA dahinterstecken – wusstest du das von Anfang an?«

»Damit gerechnet habe ich von Beginn an. Richtig klar wurde mir das spätestens durch den zufälligen Kontakt mit meinem russischen Kollegen.«

»Und China? Hast du China nie in Betracht gezogen?«

»Die waren für mich bedeutungslos, nachdem sie das föderalistische System von Deutschland übernommen hatten. Für die Weltwirtschaft war das sehr gut. Nur China selbst ist daraus ein Flickenteppich geworden, in dem jeder Einzelstaat seine eigene Meinung hatte und bei denen dadurch vieles durcheinandergeriet.«

»Und wie soll das deiner Meinung nach nun in der Welt weitergehen?«

»Hm, das ist die große Frage. Meine ehemaligen Kollegen habe ich euch genannt. Ich nehme an, dass ihr direkt eure Anweisungen nochmal schickt. Mit denen müsst ihr selbst fertigwerden. Zumindest glaube ich, dass die meisten froh sind, wenn sie sich von der direkten Beeinflussung durch die Geldmafia ein wenig befreien können. Zumindest solange es noch keinen Druck durch die Geldmafia gibt. Da haben alle Angst vor. Denn keiner weiß, wie sich die Geldmafia dagegen wehren wird.«

»Tja, nach unseren Plänen wäre der momentane Zustand nur eine Übergangsphase. Unser Ziel ist es, die Geldmafia gänzlich zu vernichten.«

46

Die Geldmafia verhält sich überraschend ruhig. Sie akzeptiert die Änderungen. Oder ist das nur die Ruhe vor dem Sturm? Dann melden sie sich über Facebook und schlagen Verhandlungen vor, am besten auf den Bermudas.

Antwort: »Verhandlungen nur über Facebook. Sagt einfach, was ihr wollt!«

»Facebook geht zur Not auch. Wir finden eure Vorschläge nicht schlecht, nur zu wenig präzise. Findet ihr ein persönliches Treffen nicht besser, um sich kennenzulernen? Wir wissen ja überhaupt nicht, wer ihr seid.«

»Genauso wenig kennen wir euch. Wir bleiben bei Facebook.«

»Entweder ein persönliches Treffen oder gar nichts.«

»Gut, dann aber nur mit eurem Chef. Am besten stellt ihr uns eurem wirklichen Chef jetzt vor.«

»Das machen wir persönlich, wenn wir uns treffen.«

»Und ihr schickt dann irgendeine Marionette, so wie ihr es bisher immer gemacht habt!«

»Unser Ehrenwort sollte euch genügen.«

»Nur echte Fakten mit allen Details und Fotos. Dann müsst ihr uns die Zeit geben, alles zu überprüfen.«

»Wenn ihr so wenig Wert auf unser Wort legt, sehen wir keine Möglichkeiten eines Arrangements.«

47

»Stefan, haben wir den Absender inzwischen herausfinden können?«

»Ja Sven, du hast gottseidank lange genug mit ihnen geredet, um den Anrufer herauszufinden. Der ist eine Nachrichtenagentur in Washington. Damit wissen wir zumindest, dass die Burschen tatsächlich aus den USA sind.

Eine Nachrichtenagentur dazwischen zu schalten, ist geschickt von denen. Es hilft uns nämlich kein bisschen weiter. Wir haben auch keinerlei Verbindungen zu Facebook, um darüber irgendetwas herauszufinden.«

48

»Wir haben lange nichts mehr vom Lord erfahren. Wir sollten ihn zumindest von unserem Teilerfolg in Kenntnis setzen. Machst du das, Sven?«

»Hallo Lord. Du sprichst mit Sven. Ich hätte dir was mitzuteilen.«

»Ihr lebt noch? Schön mal etwas von euch zu hören. Was habt ihr zu berichten?«

»Ja, so Einiges.«

Sven erklärt das Wichtigste in aller Kürze.

»Hm, Sven, du glaubst gar nicht, wo oft ich über unsere gemeinsame Misere nachgedacht habe. Weißt du, für uns spielt das Geld die große Rolle. Wenn man so viel davon hat, geht es nicht mehr darum, es mit aller Gewalt zu vermehren. Das Wichtigste ist, den Bestand zu erhalten. Da muss man sich minütlich, was sage ich, sekündlich drum kümmern. Die Politik spielt dann schnell eine untergeordnete Rolle.«

»Mit anderen Worten, du hast dich um die Geldmafia nicht sonderlich kümmern können.«

»Nicht ganz. Anfangs doch. Ehrlich gesagt, ich habe alle Hebel in Bewegung gesetzt, um Näheres über unsere Widersacher zu erfahren. Du magst das glauben oder nicht. Aber es war mir unmöglich, jemanden zu finden, der damit zusammenhängen könnte. Es war wie verhext.«

»Alles deutet darauf hin, dass der Schuldige was mit Washington zu tun hat.«

»Solange wir nicht den kleinsten Hinweis darauf haben, nützt uns das so gut wie nichts«, meint der Lord mit einer Portion Sarkasmus. »Ich muss weiter darüber nachdenken. Mehr Positives dazu kann ich im Moment leider nicht sagen.«

49

Rieke ist nachdenklich.

»Wir haben Bürsani und seine Kollegen zur Genüge kennengelernt. Man sollte annehmen, dass sich die Geldmafia dagegen wehren würde.«

Hekli schüttelt den Kopf. »Das ist auch mir ein Rätsel. Wenn man so viel Geld hat, findet man immer einen Weg, irgendwas auszutüfteln, um uns empfindlich zu treffen an einer Stelle, an der wir gar nicht damit rechnen.«

»Vielleicht wieder eine neue Krankheit. Mit Corona X hat es bei denen doch nicht so richtig geklappt. Warum eigentlich nicht?«

»Corona X war nur der Vorwand. Als die Impfindustrie entsprechend reagiert hat, haben sie sich um die Krankheit nicht mehr gekümmert. Sie hatten ihre Ziele erreicht, da brauchten sie die Krankheit nicht mehr.«

»Und mit einer neuen Krankheit, werden sie genauso verfahren: erst die Menschen unsicher machen und dann im richtigen Moment zuschlagen.«

»Und was tun wir dagegen? Das war doch nur ein Beispiel. Wer weiß, was denen sonst noch so einfällt. Wir sollten mehr darüber nachdenken.«

»Stimmt. Bei der Gelegenheit: Hast du irgendetwas von Poldo gehört?«

»Eigentlich nicht. Den sollten wir unbedingt kontaktieren. Der hat so große Töne gespuckt, was er alles unternehmen könne. Da bin ich reichlich gespannt.«

50

Eine fröhliche Stimme meldet sich. »Luitpold zu Trautdorff am Apparat.«

Rieke ist weitaus weniger gut gelaunt. »Sag mal, Poldo, hältst du es nicht für nötig, mal zu berichten, was du die ganze Zeit getan hast?«

»Du hast so eine gereizte Stimme. Ist dir eine Laus über die Leber gelaufen? Du verlangst von mir einen Bericht? Ich dachte, wie wären gleichberechtigte Partner?«

»Bitte entschuldige, mir ist tatsächlich eine Laus über die Leber gelaufen. Wir kommen an die Spitze der Geldmafia einfach nicht heran. Wir befürchten Gegenaktionen von denen, nachdem wir ihr System geknackt haben.«

Sie berichtet kurz.

Poldo ist nun ziemlich nachdenklich »Einesteils wart ihr ziemlich erfolgreich, ihr habt ihr System geknackt, und trotzdem fehlt euch der echte Erfolg, da ihr die Hintermänner nicht identifizieren könnt.

Dann möchte ich euch kurz berichten, was wir in der Zwischenzeit geschafft haben. Ich habe ein Team von ungefähr zwanzig Leuten zusammengestellt. Wir sind intensiv dabei auszuarbeiten, wie unser Staat aussehen werden und vernünftig arbeiten soll, wenn das mit der Geldmafia vorbei ist. Deutschland ist natürlich der Anfang mit diversen Änderungen, vor allen Dingen Verbesserungen. Wir werden einen modernen Staat schaffen. Als Nächstes kommt Europa dran, besser noch Eurasien.«

»Und bezüglich der Geldmafia fällt euch auch nichts ein?«

»Leider nein. Ich verstehe von solchen Dingen gar nichts.«

51

Rieke schüttelt resigniert den Kopf. »Es ist zum Mäusemelken. Wir haben keinerlei Kontakt zur großen Politik. In Washington kennen wir niemanden. Wir hängen völlig in der Luft.«

Hekli überlegt: »Ob deine Oma da weiterhelfen könnte?«

»Was Verrückteres ist dir wohl nicht eingefallen! Meine Oma hat von der großen Politik nicht die geringste Ahnung.«

»Stimmt. Aber sie hat den sechsten Sinn. Lass uns das doch zumindest versuchen.«

»Gut, einverstanden. Ich habe sowieso Sehnsucht nach meiner Familie. Versprich mir allerdings, dass du meine Oma zufriedenlässt.«

»Versprochen. Erlaub mir aber zumindest, über die Weltsituation im Allgemeinen zu sprechen und unser Dilemma zumindest zu erwähnen.«

Großes Hallo. Die fast Verschollenen sind plötzlich eingetroffen. Mama beschließt, sofort ein großes Fest daraus zu machen. »Ihr seid so selten da, das muss entsprechend gefeiert werden!«

Oma und Opa sind noch hutzeliger geworden. Opa schüttelt den Kopf und sagt nur »mine söte Deern«. Und Oma will alles haargenau wissen, sagt aber nichts dazu. Dann wird gefeiert, die ganze Nacht lang, bis Rieke erschöpft ins Bett fällt.

Oma nimmt Hekli zur Seite. »Schon beim letzten Mal habt ihr über die fatale Situation mit der Geldelite berichtet. Und was hatte ich euch gesagt? Kommt Zeit, kommt Rat. Ich kann mich nur wiederholen.«

»Deine Oma hat was ganz Kluges gesagt: Kommt Zeit, kommt Rat.«

»Das sagt man immer, wenn man nicht weiterweiß.«

»Bei deiner Oma ist das anders. Ich will nicht wieder mit dem sechsten Sinn anfangen. Deine Oma verfügt über eine immense Lebensweisheit. Was sie damit meint, ist also: Irgendwann lässt die Geldelite die Katze aus dem Sack, sicherlich ungewollt.«

»Das ist auch meine Hoffnung. Wir müssen uns wohl mehr auf Washington konzentrieren und sollten noch einmal mit Sven und Stefan besprechen, wie wir den Teli gezielter in Washington verwenden können. Da wir überhaupt keinen Kontakt dahin haben, könnte uns vielleicht der Lord weiterhelfen.«

Da wird Hekli plötzlich ganz aufgeregt. »Ich glaube, wir sind gerade dabei, die Katze zu finden.«

»Meinst du die aus dem Sack? Woher hast du denn diese verrückte Idee? Oma hat dir da ja einen schönen Floh ins Ohr gesetzt.«

»Nein, nein, das ist kein Floh im Ohr. Das ist Realität. Wir haben jetzt den Drahtzieher der Geldelite. Es ist der gerade verstorbene amerikanische Präsident. Er hat ein Vermächtnis hinterlassen, das gerade veröffentlicht worden ist. Es kommt gerade im Fernsehen. Wir hören uns das in Ruhe an und ziehen daraus unsere Schlüsse. Hoffentlich ist das nicht nur heiße Luft.«

»Liebe Mitbürger, ich war jetzt monatelang krank und musste feststellen, wie es einem Menschen geht, der plötzlich in einer Misere steckt und nicht mehr allein über sich entscheiden kann.

Siedend heiß dämmerte bei mir die Erfahrung, wie viele von euch durch manchmal unmenschliche Entscheidungen in ähnliche oder noch schlimmere Situationen gebracht worden sind. Das tut mir unendlich leid und ich habe die Entscheidung getroffen, mit all den Drangsalierungen aufzuhören. Das betrifft nicht nur euch, meine lieben Mitbürger, sondern alle Menschen.

Allerdings habe ich eine Bitte, nämlich dass ihr meine geliebten Vereinigten Staaten von Amerika als einzige Führungsnation in der Welt anerkennt. Ich danke euch.«

Überall in der Welt wird das Vermächtnis verlesen.

Sven ist überaus nachdenklich. »Das Gute daran ist, dass wir jetzt endlich den Drahtzieher kennen. Jetzt wird die Sache einfacher für uns. Das Schlechte ist, dass damit die Drohung verbunden ist, Amerika gefälligst als Weltführer anzuerkennen. Tun wir das nicht, bleibt es bei den Drangsalierungen.«

Annie ist genauso nachdenklich. »Ich verstehe nicht ganz, was er mit den Drangsalierungen meint, tatsächlich die Geldmafia oder die amerikanische Art mit Staaten umzugehen, wenn sie irgendetwas wollen, und nicht gleich bekommen?«

»Könnte sein. Sein Vermächtnis ist etwas verklausuliert. Ihm ging es doch nur um die allgemeine Anerkennung Amerikas als Weltmacht, auf ewige Zeiten,«

Der nächste Zug wäre doch unserer. Wir müssen den so vorbereiten, dass alle Amerikaner, die was zu sagen haben, durch den Teli so konditioniert werden, dass ihnen nur noch Gutes einfällt.«

»Das klingt alles so einfach: Wir erkennen die Amerikaner als die einzige Weltmacht an. Und ihre Gegenleistung ist, für die Welt nur noch Gutes zu tun. Schön wär's.«

»Klingt zu einfach. Unsere Aufgabe ist es jetzt, die richtigen Formulierungen zu finden. Also doch nicht ganz so einfach!«

»Und wer hilft uns dabei? Mir fällt da nur unsere Crew ein. Sonst haben wir doch niemanden.«

»An wen hast du denn gedacht?«

»Na, an Rieke mit ihrem isländischen Freund, dann an Stefan mit Renate. Weißt du sonst noch jemanden?«

»Ja, Poldo zum Beispiel und dann habe ich noch an den Lord gedacht.«

»Sonst fällt mir partout niemand mehr ein.«

»Da die Gefahr besteht, dass die Geldmafia im alten Stil weitermacht, möchte ich Stefan weiter schützen und ihn auf Lanzarote lassen. Wir treffen uns also alle auf Lanzarote. Da ist es außerdem immer schön warm.«

»Ja, Lanzarote ist so eine attraktive grüne Insel geworden, seit Luizas Papa für die zusätzliche Entsalzungsanlage gesorgt hat.«

52

Alle sind gekommen, sogar der Lord.

Annie erkundigt sich als Erstes nach Luiza.

Renate nickt nur. »Ach, der Luiza geht es richtig prächtig. Die hat meinen Job im Kindergarten übernommen. Und wenn ich sie frage, ob sie sich damit nicht übernimmt, bekomme ich als Antwort: ›Das mache ich doch nur so nebenbei.‹ Was ihr gar nicht gefällt, ist die Schule. Nach drei Monaten hat man sie schon in die zweite Klasse versetzt. Als Fünfjährige schon in der zweiten Klasse, und selbst da fühlt sie sich nicht wohl, da sie schon perfekt alles lesen, schreiben und rechnen kann, was die anderen erst mühsam erlernen müssen.«

»Hallo, Luiza. Ich hab gehört, dass man dich schon in die zweite Klasse versetzt hat und du dich auch da nicht wohlfühlst?«

»Ach Annie, es ist so langweilig da. Ich kann doch schon alles. Doch die Schulleitung hält es nicht für sinnvoll, mich in die dritte Klasse zu versetzen. Die meinen, dass mich das körperlich überfordere. Da wären alle mindestens einen Kopf größer als ich.«

»Auch in der dritten Klasse muss man noch lesen, schreiben und rechnen lernen. Das brächte dir also wenig. Schreibst du eigentlich noch Gedichte?«

»Nein, nein, nicht mehr, nachdem du sie als zu kompliziert bezeichnet hast.«

»Da musst du mich missverstanden haben. Die Gedichte waren nicht zu kompliziert, sie waren deiner Zeit voraus. Bewahre die Gedichte auf und dann veröffentlichst du sie, wenn du erwachsen bist.«

»Darüber muss ich nachdenken. Ich habe jetzt damit angefangen, einen Roman zu schreiben. Du hast mir das von deiner Tochter erzählt. Anfangs ist es nicht so richtig gut gelaufen. Ich brauchte erst meine Zeit, um den richtigen Dreh zu finden. Mit einem Mal hatte ich ihn dann. Und seitdem arbeite ich fast täglich daran. Willst du etwas davon lesen?«

»Ja, selbstverständlich! Aber nicht nur etwas, sondern alles, was du bisher geschrieben hast. Ich bin schon ganz gespannt darauf.«

Luizas Roman ist nicht nur köstlich, sondern auch von einer besonderen Art. Alles ist so flüssig und von Anfang an spannend. Ich glaube, ich muss mal mit ihrer Lehrerin sprechen.

Señora Sanchez nickt gleich, als Annie anfängt, über Luiza zu reden.

»Sie tut mir so leid. Irgendwie verkümmert sie hier. Aber ich finde einfach keinen Weg, ihr zu helfen.«

»Luiza schreibt, sobald sie aus der Schule kommt, an einem Roman. Ich habe den Anfang gelesen. Da zeigt sich ein ganz, ganz großes Talent.«

»Ich habe da eine Idee. Was halten Sie davon, wenn ich mit ihr einen Deal mache. Der Unterricht geht ja meistens im Stundentakt. Sie verwendet die Hälfte der Zeit mit dem, was die Schule so fordert, und die andere Hälfte gebe ich ihr, damit sie weiter an ihrem Roman schreiben kann.«

»Der Vorschlag gefällt mir und ich glaube: Luiza auch!«

53

Nun sitzen sie alle zusammen und sprechen auf Englisch miteinander, da der Lord kein Deutsch versteht. Es gibt nur ein Thema: Was machen wir mit der Geldmafia? Wir haben sie an der Wurzel gepackt, aber sie noch längst nicht besiegt. Los werden wir sie sowieso nicht. Denn ohne Geld geht überhaupt nichts auf der Welt. Nur wenn die sich besser benehmen würden? Wie kann man so dazu erziehen?

Der Lord »Ich sehe den Ansatzpunkt nur in den USA. Da sitzt nicht nur das große Geld und das amerikanische Volk ist das reichste der Welt. Ja ja, es gibt noch reichere Länder. Aber die sind nur klein. Und nicht alle Amerikaner sind reich. Aber ein gewisser Prozentsatz davon macht das große Geld aus, wovon letztlich die Geldmafia profitiert.

Stefan schlägt vor: »Nur 15% der amerikanischen Bevölkerung sind wirklich arm. Trotzdem werden wir alle mit Svens Teli bestrahlen.«

Der Lord fragt nach: »Ihr habt mir das so erklärt, dass alle, die etwas mit der Regierung zu tun haben, am besten ganz Washington, gedanklich so umfunktioniert werden, sich einer neuen Denkweise unterzuordnen. Nur, was ist die neue Denkweise?«

»Ganz einfach. Die erarbeiten wir.«

»Ah, also wir. Und ganz einfach!«

Darf ich mal als Isländer was dazu sagen? Island ging es nach der Weltwirtschaftskrise 2008 verdammt schlecht. Der Staat war fast pleite. Und was haben die Isländer getan? Sie haben nicht auf ausländisches Kapital gesetzt, sondern durch eigene, manchmal rigorose Maßnahmen versucht, ihr ruiniertes Finanzsystem eigenständig wieder in den Griff zu bekommen. Nach rund zehn Jahren ist ihnen das sogar gelungen. Dabei sind die Isländer ein Volk von nur ungefähr 330.000 Menschen. Denen ist in Eigenregie etwas gelungen, um das andere viel größere Länder seit Jahrzehnten herumkrebsen ohne irgendwelche Erfolge zu erzielen. Warum also sollte es uns nicht gelingen?

54

Sie schreiten zur Tat. Die Vernichtung der Geld-mafia ist dabei nicht vorgesehen. Das geht auch gar nicht. Sie soll sich aber vollständig aus der Politik zurückziehen. Um dafür zu sorgen, dass lokale Machthaber nicht wieder einzelne Staaten an sich reißen, werden als Erstes die UN-Statuten und -Strukturen verändert, allen voran der Sicherheits-rat: Die Vetoklausel wird endgültig abgeschafft. Außerdem wird er um fünf weitere Staaten erwei-tert, nämlich durch Japan, Deutschland, Indien, Südafrika und Brasilien. Bei Beschlüssen gilt ab so-fort eine Zweidrittelmehrheit. Der neue Sicher-heitsrat hat dafür zu sorgen, dass alle Länder demo-kratisch regiert werden, und muss genug Macht be-sitzen, das auch durchzuziehen.

Rieke erklärt: »Der neue Sicherheitsrat muss so viel Macht haben, dass Amerika nicht mehr ge-zwungen ist, als Weltpolizist aufzutreten. Das den Politikern in Washington klarzumachen, ist ein entscheidender Teil der Umfunktionierung der politischen Denkweise. Vor allen Dingen müssen die begreifen, dass die USA von dem Wohlergehen das gesamten amerikanischen Kontinents abhängig sind.«

Annie denkt intensiv nach. Dann fragt sie: »Und wie meinst du das?«

Rieke erläutert: »Wir haben doch schon über die Mexikanisierung der USA gesprochen. Nordamerika geht es immer besser, während es im restlichen Amerika in der Regel immer schlechter wird. Wenn die USA also nicht dafür sorgen, dass einige südliche Länder nicht nur von Bananen leben müssen, sondern durch Kleinindustrie eine Mittelschicht aufgebaut wird, bleibt das ungesunde Verhältnis ›wenige Vielreiche versus viele Arme‹ bestehen – und damit der Drang, nach Nordamerika auszuwandern. Das Umfunktionieren, im Norden, besonders im Süden von Gesamtamerika , ist ein wesentlicher Bestandteil des Teli-Programms.«

Annie zögert. »Sollen wir uns dann auch noch darum kümmern, dass die Amis das auch durchführen? Bisher haben die sich doch nur darum gesorgt, dass die Machtpositionen insgesamt den US-Wünschen entsprechen. Mehr möglichst nicht.«

»Lasst uns erst einmal damit anfangen, die Amis auf Kurs zu bringen«, schlägt Stefan vor. »Ich habe da allerdings eine Portion Skepsis.«

Anfangs läuft alles wie geschmiert. Washington wirkt wie ein gelehriger Hund.

»Was meinst du, Sven, wie lange das wohl gut geht?«, will Stefan wissen.

»Meine Leute arbeiten Tag und Nacht daran herauszufinden, welche Lücke man findet, um unser System anzugreifen. Selbst die ausgeklügelten Systeme sind angreifbar, wie die Vergangenheit es immer wieder gezeigt hat.«

»Du wartest also auf den Moment, dass unser System irgendwie angegriffen wird.«

»Ganz genau. An der Reaktion lässt sich erst einmal feststellen, wo sich bei uns eine Lücke befindet, die wir natürlich schnellstens versuchen zu schließen. Schwieriger wird es, sich gegen den Angriff zur Wehr zu setzen. Es hängt ganz davon ab, ob nur Dilettanten oder echte Fachleute daran beteiligt sind. Wir können nichts anderes tun als zu warten.«

55

Der Angriff erfolgt schließlich massiv. Ganz Washington ist daran beteiligt, das Umfunktionieren zu unterlaufen, und zwar in Gänze. Man glaubt gar nicht, wie schnell das geht, die alten Verhältnisse wieder herzustellen!

In Amerika hat sich das Zweiparteiensystem erhalten. Es gibt die Remainder (die Bleiber) und die Changer (die Änderer). In beiden Kammern haben die Remainder die absolute Mehrheit. Für das moderne Amerika ist das eine ungesunde Situation. Denn es hat sich das Einkindsystem durchgesetzt. Die Bevölkerung ist völlig überaltert. Und die Überalterten bilden die Remainder, die alles Moderne ablehnen. Sie lehnen auch sämtliche Vorschläge ab, mit denen den Mittel- und Südamerikanern geholfen werden soll. Die Remainder haben in Amerika jetzt allein das Sagen.

Die Changer, die Jüngeren, die an den Fortschritt glauben, sind für ein modernes Konzept. Doch jetzt regiert leider noch das alte Establishment, zumindest bis ein Gegenmittel gefunden ist.

Der Leiter der Changer ist noch ziemlich jung und stark sehbehindert. Seine Eltern fanden Winston als Namen passend. Er findet es schön, durch die Wälder zu streichen. Bäume erkennt er einigermaßen. Trotzdem lässt er sich von einem Sechsjährigen führen: Joseph. Jo hält Winston also an die Hand. Die beiden führen richtige Gespräche über die Natur und alles Schöne in der Welt, aber manchmal auch über das Unschöne. Denn der Junge weiß trotz seines Alters über viele Dinge schon recht gut Bescheid.

Winston kam durch eine Annonce an Jo. Winston brauchte Hilfe und die Eltern von Jo Geld, von dem Winston genug hatte.

Ins Gespräch vertieft, haben beide die dunklen Wolken am Himmel übersehen. Im Regen werden beide klitschnass.

»Was machen wir nun?«, sorgt sich Winston.

»Am besten fragen wir an mit den Häusern, ob die uns helfen können.«

Einige Minuten später.

»Komisch. Bei den beiden ersten Häusern hat man uns die Tür vor der Nase zugeschlagen. Verstehst du das?«

»Ja, sehr wohl. Die haben mein Gesicht gesehen. Ich bin schließlich der Vorsitzende der Changer-Partei.«

»Was hat das mit der Partei zu tun? Wir sind beide klitschnass und brauchen Hilfe.«

»Die glaubten sicherlich, ich wollte für die Partei werben. Lass uns beim dritten Haus noch einen Versuch machen.«

»Das sieht wie eine Bruchbude aus. Wagst du es, da reinzugehen?«

56

Die Tür wird geöffnet und nicht wieder zugeschlagen. Eine schon etwas ältere Frau staunt die beiden an.

»Du liebe Zeit! Wie seht ihr denn aus? Habt ihr den Wolkenbruch gar nicht kommen sehen? Ah, du kannst nicht richtig sehen. Egal, kommt erst mal rein, ich werde euch von euren nassen Klamotten befreien. Keine Widerrede! Ihr bekommt dann eine warme Wolldecke und einen heißen Tee. Dann wartet ihr, bis ich euer nasses Zeug trockengebügelt habe.«

Winston »Womit haben wir denn diese menschenfreundliche Behandlung verdient?«

»Verdient habt ihr überhaupt nichts. Das ist einfach selbstverständlich. Ihr holt euch da draußen den Tod, zumindest eine heftige Erkältung. Das kann ich doch nicht zulassen, obwohl du das als Parteivorsitzender gar nicht verdient hast.«

»Kannst du mir das genauer erklären?«

»Sehr gerne sogar. Ich wohne in dieser Bruchbude, weil es in dieser angeblich reichen Gegend nichts zu verdienen gibt, während ihr unser schönes Geld ausgebt, damit die Leute in Patagonien oder sonst wo in Südamerika mehr Geld bekommen.«

»Ich habe gar nicht gewusst, dass man hier nicht genug verdienen kann. Erklärst du mir das genauer?«, bittet Winston, mehr und mehr erstaunt.

»Die einzige Möglichkeit, hier Geld zu verdienen, ist in einem landwirtschlichen Betrieb, als Mädchen für alles. Im Büro mach ich alles, sogar die Steuererklärung. Und in den Ställen ist immer was los. Manchmal ist die automatische Melkmaschine nicht in Ordnung. Dann muss ich sogar beim Melken mit anfassen. Und dann erhalte ich nur die Hälfte des vereinbarten Lohnes, angeblich, obwohl er massig verdient, weil der Betrieb angeblich nicht mehr hergibt. Das ist auch das Argument bei den Behörden, die das dann akzeptieren. Mein Protest wird gar nicht zu Kenntnis genommen.«

»Kannst du nicht woanders arbeiten?«

»Könnte ich schon. Nur ist die Situation dieselbe. Alle zahlen nur die Hälfte. Das haben die so vereinbart und die Behörden stecken mit denen unter einer Decke.«

»Und warum wohnst du überhaupt hier?«

»Das ist eine sehr berechtigte Frage. Das Haus ist uns als Schnäppchen angeboten worden. Mein Mann hat es sich andrehen lassen, ohne es gesehen zu haben. Wir waren entsetzt, als wir die Bruchbude in Augenschein nehmen konnten. Der Kaufvertrag war dann so gedeichselt worden, dass eine Rückgabe nicht mehr möglich war. Mein Mann ist dann vor lauter Kummer gestorben. Seitdem wohne ich hier und weiß nicht, was ich tun soll.«

»Ich kann das ja nicht so richtig erkennen. Ist das Haus denn wirklich so schlecht?«

»Ja, es ist wirklich mehr als schlecht. Ich würde lieber heute als morgen hier ausziehen. Ich finde nur keinen Käufer.«

»Und wenn man das Haus herrichtet, um es als tatsächliches Schnäppchen anzubieten? Soweit ich es erkennen konnte, hat es doch eine wunderschöne Aussicht ins Tal hinein.«

»Das wäre vielleicht ein Ausweg. Nur fehlt mir leider das notwendige Kleingeld dazu.«

»Und wenn ich dir dabei helfe?«

»Geld von einem windigen Politiker würde ich niemals annehmen.«

»Gut, dann lass uns mal über die windige Politik reden. Ich meine das, was du dir darunter vorstellst.«

»Was ich gerade geschildert habe! In diesem Land macht jeder was nach seinem Gutdünken. Und ihr verschwendet Geld für Patagonien, damit die mehr Geld verdienen.«

»Das sind zwei völlig unterschiedliche Dinge. Was dir hier in unserem Land passiert, ist etwas

Ungehöriges und gegen das Gesetz. Ich werde dafür sorgen, dass dein Landwirt angeklagt wird, und ich gehe jede Wette ein, dass er ab sofort deinen vollen Lohn zahlt und zusätzlich alles aus der Vergangenheit nachzahlen muss plus erhebliche Zinsen.«

»Und wie willst du das hinkriegen?«

»Ganz einfach. Ich bin Rechtsanwalt und ich weiß, was Recht und was Unrecht ist. Hast du irgendwelche Unterlagen?«

»Ja, einige: meinen Anstellungsvertrag mit dem korrekten Gehalt, dann seine Begründung, dass er nicht genügend verdiene und zum Schluss eine Kopie seiner Steuererklärung mit saftigen Gewinnen. Er hat mir fünf Jahre lang die Hälfte meines Gehaltes abgezogen.«

»Damit bekommst jetzt du genug Geld zurück, um dein Haus zu renovieren. Lasst uns trotzdem darüber reden, weshalb du die Changer ablehnst.«

»Ihr wollt Gelder zahlen für Länder, die uns nichts angehen.«

»Das stimmt. Wir finanzieren diese Länder, damit die Menschen das Existenzminimum erreichen. Und in Patagonien oder daneben, geben wir dem indigenen Volk der Mapuche zumindest die Möglichkeiten, sich selbst zu erhalten.«

»Aber alles mit unserem Geld!«

»Das stimmt auch. Aber es ist minimalst verglichen mit den Geldern, die hier sinnlos verplempert werden für Kriege, für die Verteidigung. Es gibt niemanden, der die USA angreifen will. Die Russen sind ein zahnloser Tiger geworden und sonst kenne ich wirklich niemanden.

Doch gibt es eine Gefahr für die USA, nämlich die permanente Einwanderung aus Süd- und Mittelamerika. Die geschieht nicht offiziell. Aber täglich kommen Leute aus dem Süden, hier und da, ganz plötzlich. Die werden sogar gerne gesehen, zumindest von Leuten, die sie ausnutzen, um einfachste Arbeiten verrichten zu lassen gegen Hungerlohn. Genannt wird so was Mexikanisierung.«

»Ich finde die Mexikaner ganz nett.«

»Ich sie auch. Aber die Völkerwanderungen können nur dadurch verhindert werden, dass ihre Lebensverhältnisse grundsätzlich verändert werden.«

»Und wie wollt ihr das machen?«

»Das wird nicht so einfach sein. Bisher haben wir versucht, durch Geld Einfluss auf die Regierungen zu nehmen. Das ging dann eine Zeit lang gut, so lange wir bezahlt haben. Danach kehrte wieder der alte Schlendrian ein und das Volk wurde noch ärmer – mit all den bekannten Folgen: Kriminalisierung, Bandenwesen, Korruption und Drogen.«

»Ich habe davon gehört. Es muss schrecklich sein, in solchen Ländern zu leben.«

»Unser Konzept ist es, eine Kleinindustrie aufzubauen. Manche Länder leben nur von Bananen. Das geht zwar manchmal gut, meistens jedoch daneben. Die Bananen kann man gerne lassen, muss aber daneben zum Beispiel eben Handwerksbetriebe aufbauen, die den täglichen Bedarf decken. Das Prinzip wäre in jedem Land dasselbe, nämlich für ein vernünftiges Leben zu sorgen. Nur einer muss den Anfang machen. Da liegt die Schwierigkeit. Ziel ist letztendlich, die Einwanderungsquote zu drosseln.«

57

Später.

»Sag mal, hast du ein Bild von dir?«

»Nur welche von früher.«

»Zeig doch mal!«

»Da muss ich erst einmal kramen. Ah, hier ist eins. Gefällt dir das?«

»Mensch, die kenn ich doch. Das ist das Bild von Sandra Lee. Du bist Sandra Lee? Das berühmte Pin-Up-Girl?«

»Besser gesagt, ich war mal Sandra Lee. Jetzt bin ich eine ältere Frau, zu nichts mehr zu gebrauchen.«

»Das sehe ich völlig anders.«

»Und wie?«

»Du musst hier raus! Zuerst kommt das Haus dran. Wenn du kein Geld von mir annehmen willst, bekommst du genügend von deinem Landwirt, um damit das Schnäppchen zu gestalten, mit dem du dann genügend Geld machst. Danach fängst du dein altes Leben wieder an. Als ältere Diva bekommst du genug Leute, die auf ältere Damen stehen.«

»Ich will mein altes Leben nicht wieder.«

»Was dann? Wieder in die Landwirtschaft?«

»Nicht unbedingt, obwohl es mir dort gefallen hat. Ich konnte dort schalten und walten, wie ich wollte.«

»Du bist also ein Managertyp, nehme ich zumindest an. Lass mich mal nachdenken. Wir brauchen da einen Manager in unserer Partei. Würde dir so was gefallen?«

»Der Job schon, nur eure Partei nicht.«

»Da habe ich einen Vorschlag: Wir sehen uns die Armenviertel in je einem mittel- und in einem südamerikanischen Land an. Ich schlage mal Bolivien und Honduras vor. Danach kannst du dir dein eigenes Urteil selbst bilden.«

»Einverstanden, aber du lässt dir vorher deine Augen operieren, damit du etwas besser sehen kannst, und ich werde versuchen, das Haus zu verkaufen.«

58

»Lanzarote ist eigentlich zu schön geworden, um hier nur herumzusitzen und Eingebungen zu erhalten, wie man die Welt doch noch retten könnte«, meint Friederike.

Sven ist leicht irritiert. »Mit Eingebungen hast du recht, mit Herumsitzen allerdings weniger.«

Stefan findet: »Dir kommt das wahrscheinlich nur langweilig vor, da wir Männer gerade intensiv daran basteln, den Status zu erreichen, Washington wieder in den Griff zu bekommen.«

»Ich würde euch zu gerne helfen, ich weiß nur noch nicht wie«, wendet Renate ein. »Durch Luizas Hilfe habe ich viel mehr Zeit.«

Annie ermuntert sie: »Erzähl doch mal etwas mehr über Luiza. Warum nimmt sie deinen Job an? Für eine Fünfjährige ist das doch ziemlich ungewöhnlich.«

»Sie hat den Drang, irgendetwas zu tun. Andere Kinder spielen, Luiza managt. Und nachmittags schreibt sie an ihrem Buch. Obwohl sie gar nichts Besonderes schreibt, ist die Art und Weise, wie sie es tut, so spannend, dass man regelrecht davon gefangen ist.«

»Du bist ja genauso begeistert von der Kleinen wie ich. Vieles erinnert mich an meine Tochter Lea. Nur: Lea ist als normaler Mensch aufgewachsen. Das ist bei Luiza nicht der Fall. Ich hoffe, dass alles gut geht mit ihrer Entwicklung.«

Renate wirkt nachdenklich. »Da habe ich meine Befürchtungen. Ich sehe sie ja fast täglich und achte ganz besonders darauf, dass sie nicht abdriftet.«

Annie nickt. »Ich wünsche Luiza ein mehr oder weniger normales Leben, in dem sie ihre Fähigkeiten voll und ganz nutzen kann.«

59

Sven sinniert. »Washington hatte seine Weltdominanz sowieso nie verloren und sucht nach Wegen, sie weiterhin zu behalten. Sie sind drauf und dran, die alten Positionen wiederherzustellen.«

»Und wie machen die das?«

»Ganz einfach: die bewährte Tour! Entweder mit Geld – da werden gewisse Politiker geködert. Wenn die anbeißen, müssen die entweder für die Amis arbeiten oder sie werden entfernt.«

»Oder es wird eine Revolution angestachelt.«

»Ja, das hilft bei kleineren Ländern.«

»Und bei größeren Ländern hilft zur Not ein kleiner Krieg.«

»Alles schon gehabt. Das brauchen wir doch nicht schon wieder!«

»Wir benötigen also ein Mittel gegen all diese Machenschaften.«

Stefan. »Jetzt sind wir wieder beim Thema. Großbritannien tutet ins selbe Horn wie die USA. Bleiben Russland mit Deutschland: ob die Amis ein Eurasien akzeptieren würden? Da müsste Russland mit Deutschland zusammenarbeiten, wenn das funktionieren soll.

Ich verweise in diesem Zusammenhang auf den Experten für US-Politik, George Friedman, der vorausgesagt hat: Sofern Russland mit Deutschland zusammenarbeitet, müsste das verhindert oder sogar verboten werden. Von wem wohl? Ist es da nicht seltsam: In dem Moment, als die ersten Kontakte in Bezug auf Eurasien geknüpft worden waren, begann die Geldmafia, ihr Unwesen zu treiben, und Eurasien fiel damit ins Wasser. Jetzt wissen wir, dass Washington hinter der Geldmafia steckt. Also kam der Versuch, Eurasien damit zu unterbinden, gezielt aus Washington. Und wie verhindern wir, dass beim nächsten Mal genau dasselbe wieder passiert? Irgendwie müssen wir das hinbekommen, die Amerikaner von einer erneuten Weltherrschaft abzuhalten.«

60

»Ich muss nach Berlin«, verkündet Annie.

»So ganz plötzlich nach Berlin? Darf man erfahren, was du in Berlin willst?«

»Darfst du. Erinnerst du dich noch an Shin-Li?«

»Klar, das war doch diese kleine Chinesin, die damals dabei war, China in eine Demokratie umzuwandeln.«

»Hat sie doch auch und unser föderales System dort eingeführt. China war durch sie zwar noch reicher, aber weniger mächtig geworden. Eine sehr gute Entwicklung! Sie ist in Berlin und findet keine Anknüpfungspunkte. Ich muss ihr unbedingt helfen.«

»Shin-Li. Was freue ich mich, dich wiederzusehen! Du siehst noch genau so hübsch aus wie damals vor ungefähr fünfzehn Jahren.«

»Das waren noch Zeiten, vor fast zwanzig Jahren. Wir wollten die Welt neugestalten. Wir waren auf dem besten Wege dazu.«

»Und dann kam diese grässliche Geldmafia, durchkreuze all unsere Pläne. Du weißt, was alles passiert ist. Aber das ist jetzt so ungefähr vorbei.«

»In China nicht ganz. Einer von den Teilfürsten ist dabei, das alte kommunistische System wiedereinzuführen, um damit den Amerikanern die Weltherrschaft streitig zu machen.«

»Ein vereintes China wäre dazu zwar in der Lage. Aber die Amis lassen sich das doch nicht wegnehmen. Dann gibt es bestimmt wieder Krieg.«

»China sucht deshalb nach Verbündeten. Ein Krieg würde allerdings die ganze Welt umfassen mit allen grässlichen Folgen.«

»Und du bist nun nach Berlin gekommen, um diesen Krieg zu verhindern. Aber keiner wollte zuhören.«

»Genauso ist es. Der Bundeskanzler hatte keine Zeit. Der Bundespräsident fühlte sich nicht zuständig. Wo ich es auch versuchte, wurde ich abgewimmelt. Man spräche nicht mit Privatpersonen. Meine letzte Chance war die Presse, aber da bin ich wohl an die Falschen geraten. Die haben gar nicht richtig zugehört und dann eine Schnulze daraus gemacht. Und ausgerechnet die hast du gelesen.«

»Weißt du, Sven und ich wurden durch die Geldmafia von jeglicher Politik vollkommen abgeschnitten. Außerdem lebt von den Politikern, die du damals hier getroffen hast, keiner mehr, oder ist zumindest nicht mehr n der Politik. In Berlin könnte ich dir nicht behilflich sein. Übrigens ist

Berlin politisch zu einem Neutrum geworden. Es herrschen wieder die Amerikaner dort wie früher. Und den Rest bestimmt die EU, was die Amis aber meistens nicht interessiert.

Ich lade dich nach Lanzarote ein, einer hübschen Insel ganz im Westen von Europa. Dort befindest sich eine Reihe von Wissenschaftlern und Politikern, deren Ziel es ist, die alte Ordnung, die uns so glücklich gemacht hatte, wiederherzustellen. China gehört zu unserem Aufgabengebiet.«

61

»Darf ich euch Shin-Li vorstellen. Shin-Li war damals zusammen mit ihrem zwischenzeitlich verstorbenen Mann daran beteiligt, China vom Kommunismus zu befreien. Danach wurde sie durch die Geldmafia völlig aus der Politik entfernt. Sie befürchtet, dass der Kommunismus dort wiedereingeführt wird und es wegen der Weltherrschaftsbestrebungen zu ernsten Komplikationen mit Amerika kommen wird. Shin-Li ist nach Europa gekommen, um Verbündete zu finden, die den Dritten Weltkrieg verhindern.«

»Hallo Shin-Li. Herzlich willkommen in unserer Mitte!«, freut sich Sven. »Du bist ja noch genauso attraktiv wie damals. Es tut mir leid, dass du deinen Mann verloren hast. Ich kann mich noch sehr gut an ihn erinnern, ihn als Garanten für ein neues China. Und jetzt hast du Kummer.«

»Ja, echten Kummer, wie deine Frau es gerade eben geschildert hat.«

62

Sven nimmt Stefan beiseite. »Sag mal, wir sind doch immer noch damit beschäftigt, Washington in den Griff zu bekommen. Kommt uns da China nicht wie gerufen?«

»Du meinst, wenn China den Amerikanern die Weltherrschaft streitig macht? Dabei hätten wir die Gelegenheit, mit unserem neuen Telisystem einzugreifen.«

»Das wäre die beste Gelegenheit, beide Kontrahenten gegeneinander auszuspielen.«

»Im Moment wissen wir nicht einmal, um welche Chinesen es sich handelt.«

»Das könnten wir durch Shin-Li herausfinden, auch das Drumherum bei denen.«

»Annie, du kennst diese Chinesin am allerbesten von uns. Was hältst du von der Idee, sie für unsere Zwecke einzuspannen.«

»Erstmal gar nichts. Sagt mir lieber, wozu?«

Sven erklärt es ihr.

»Ihr wollt sie also einspannen, um mit ihr zusammen ein Komplott zu schmieden?«

»Ein Komplott ist ein guter Ausdruck. Vorausgesetzt, sie hat in China noch Beziehungen und den Willen, sie auch einzusetzen.«

»Sie ist nach Deutschland gekommen, um den erneuten Kommunismus in China zu bekämpfen. Übrigens ist sie nur Halbchinesin, ihre Mutter war Deutsche.«

»Jetzt ist mir klar, warum sie trotz ihres Alters erstens so gut aussieht und zweitens nicht nur chinesisch denkt. Die Frau ist Gold wert. Wir müssen nur noch intensiver das richtige Konzept austüfteln. Da darf nichts schiefgehen.«

»Also, wir fangen mal mit China an. Dann brauchen wir noch Indien dazu. Da sollen die Chinesen aggressiv werden, zumindest diplomatisch, und zwar in der Form, dass sie militärisch eingreifen würden, wenn Indien sich nicht an die geplante enge Zusammenarbeit mit China halte.

Wir stellen uns da so vor. Die Inder, bleiben erst einmal gelassen, werden dann durch das aggressivere Verhalten der Chinesen doch unruhig und bitten Washington um Hilfe.

Und nun steht Amerika vor der Wahl, etwas dagegen zu unternehmen oder die Sache laufen zu lassen. Zumindest drohen sie dann erst einmal mit einem militärischen Eingreifen.

Stefan berichtet. »Alles bestens gelaufen. Nur ganz kurz dazu, wie das mit dieser attraktiven Frau funktioniert hat. Nachdem ich ihr unseren Plan erklärt habe, hat sie um einen Tag Bedenkzeit gebeten. Dann brauchte sie noch einen Tag, um mit verschiedenen Leuten zu sprechen. Danach traf sie sich mit anderen Leuten, wo auch immer. Schließlich sagte sie zu mitzumachen, sehr gerne sogar. Von Anfang an lief alles reibungslos. Shin-Li hat sich auch mit dem neuen Kommunisten getroffen.«

»Shin-Li ist doch letztlich nach Deutschland gekommen, um den drohenden Kommunismus abzuwenden, und jetzt verbündet sie sich sogar mit den Kommunisten?«, wundert sich Annie.

»Wenn wir mit der Indien-Geschichte durch sind, hat sie den Plan, den Kommunisten fallenzulassen.«

»Letztlich ist also alles nur ein großer Bluff. Ob das wohl gut geht?«

»Die richtige Geschichte beginnt doch erst jetzt«, erklärt Stefan. »Die Chinesen setzen die Inder unter Druck und provozieren angeblich militärische Einsätze an verschiedenen Stellen Indiens. Washington wird durch den Teli gesteuert: erstens alles zu glauben und zweitens sofort militärisch zu reagieren, angeblich um den Indern zu helfen, in Wirklichkeit um zu verhindern, dass jemand beginnt, die Weltherrschaft Washingtons zu stören.«

Sven ergänzt: »Außerdem wird die gesamte Weltpresse in Sekundenschnelle informiert. Das militärische Eingreifen durch China wird zur Kenntnis genommen, aber ein eventuelles amerikanische Vorgehen aufs Schärfste von allen Seiten verurteilt, obwohl bis dahin in Wirklichkeit noch gar nichts passiert ist.«

Dieser kleine Kreis von Menschen beschließt also, Washington herauszufordern. Ob das gut geht?

63

Da passiert plötzlich etwas Unvorhergesehenes: Die Amis marschieren tatsächlich in Indien ein. Sie finden zwar keine Chinesen, sind aber da – als Aggressor!

Der Lord findet das nicht allzu alarmierend. »Es ist doch nichts Schlimmes passiert. Kein Mensch ist dabei zu Schaden gekommen. Ich freue mich riesig, dass die Amis mal so richtig reinfallen. Wisst ihr was unsere einzige Aufgabe ist? Das richtig auszuschlachten!«

»Das sehe ich auch so. Aber wie?«, fragt sich Sven.

»Ich kenne alle einflussreichen Leute in Washington. Lass mich das mal machen!«

In Indien hat der Präsident das Sagen. Die Anordnung des Präsidenten lautet, die Amerikaner mit indischen Streitkräften einkesseln zu lassen, aber außer einer Lauerstellung nichts zu unternehmen.

Für die Amis ist es sehr viel schwieriger. Sie warten auf Direktiven aus Washington, entweder alles so zu lassen, anzugreifen oder den Rückzug anzutreten. Sie entscheiden sich fürs Abwarten, was auch wohl die vernünftigste Lösung ist.

Die sensationsgierige Weltpresse wartete derweil darauf, dass etwas passiert: entweder der Dritte Weltkrieg oder ein schmachvoller Rückzug. Die meisten prophezeien den Dritten Weltkrieg, da der wesentlich mehr Geld einbringen würde. Letztendlich wartet man auf die Entscheidung aus Washington. Dort beraten Verteidigungs- und Außenministerium über die Zuständigkeit von CIA und ähnlichen Organisationen, bevor man dem Präsidenten die endgültige Entscheidung überlässt.

Dann kommt der Vorschlag, wieder auf die Corona-Masche zurückzugreifen. Man hat jetzt eine Viren-Version entwickelt, die immun gegen alle bisher entwickelten Impfstoffe sei. Diese Mutation werde man über Indien verteilen. Indien wäre damit eine Gefahr für die Menschheit und müsste deshalb geschützt werden.

Anfangs ist der Präsident für den Vorschlag. Dann hatte er seine Zweifel, es wüssten zu viele davon, die dann aus ihrem Wissen nur Geld machten. Der amerikanische Ruf wäre damit völlig hinüber. Also sucht man verzweifelt nach einer besseren Lösung.

64

Der Lord hat eine. Er denkt schon die ganze Zeit an die Eurasierin Shin-Li, die er zum ersten Mal beim gemeinsamen Treffen auf Lanzarote gesehen hat. Er hatte jahrelang keinen wirklichen Kontakt zum weiblichen Geschlecht mehr und fühlte sich auch zu alt dazu. Dann hat er Shin-Li gesehen. Irgendwie entdeckt er sein Interesse an ihr. Sie ist wohl im selben Alter wie er und sieht nicht nur blendend aus, sondern hat auch noch ein politisches Interesse, China endgültig vom Kommunismus zu befreien.

Der Lord denkt krampfhaft darüber nach, wie er ihr Interesse bei ihr wecken kann. Ihm fällt aber nichts ein.

Manchmal schweifen seine Gedanken ab und er denkt an die attraktive Halbchinesin. Also kontaktiert er sie einfach, ohne genau zu wissen, was er von ihr will.

65

»Lieber Lord, es ist für mich eine besondere Ehre, einen der reichsten Männer dieser Erde begrüßen zu dürfen. Nenn mich bitte Harry, so wie du das früher schon gemacht hast«, beginnt der neue US-Präsident.

»Harry, gerne. Es ist schon eine Weile her, dass wir uns gesehen haben. Du bist Präsident geworden. Da habe ich damals schon mit gerechnet.«

»Ehrlich?«

»Ja, ehrlich. Und weißt du auch, warum?«

»Nein, warum?«

»Weil du eine ehrliche Haut bist. Du vertrittst weiterhin die Changer, obwohl die Remainder in der Zwischenzeit in beiden Häusern des Kongresses die Mehrheit haben.«

»Das ist ein Übel. Ich weiß leider nicht, wie ich das ändern kann.«

»Vielleicht kann ich dir helfen.«

»Du als Tommy? Warum seid ihr eigentlich Briten geblieben? Ihr lebt doch schon seit ewigen Zeiten in den USA.«

»Mein Urgroßvater ist damals eingewandert.«

»Und warum?«

»Ganz einfach: Er hat sein Erbe mitgebracht, das war eine Menge Geld. Mein Urgroßvater meinte, dass man in den Staaten viel mehr daraus machen könnte.«

»Womit er absolut recht hatte!«

»Unbedingt. Aber er hat auch die amerikanische Staatsbürgerschaft angenommen neben der britischen.«

»Dabei ist es dann bei allen Nachkommen geblieben. Und warum?«

»Na, meinem Urgroßvater ging es wohl auch um den Titel, vielleicht auch meiner Urgroßmutter, die war nämlich eine deutsche Prinzessin.«

»Wow, was für eine vornehme Verwandtschaft! … Aber wie kannst du mir nun bei meiner Politik helfen?«

»Das ist eine längere Geschichte.«

»Ich habe Zeit. Fang am besten gleich an!«

»Vielleicht sage ich dabei Dinge, die dir gar nicht gefallen.«

»Ich bin Präsident in einem Land, in dem es manchmal drunter und drüber geht, da kann mich überhaupt nichts mehr erschüttern. Los, erzähl deine Geschichte, egal wie sie klingt.«

»Es geht nicht nur um die Indien-Geschichte und wie ihr da ohne viel Imageverlust rauskommt.«

»Ohne viel Federn zu lassen?«

»Ein bisschen schon. Ihr müsst auf den Anspruch auf die Weltherrschaft verzichten.«

»Das kann ich nicht, das wäre mein Todesurteil. Seit fast zweihundert Jahren ist das die Basis der amerikanischen Politik. Deshalb haben wir zwei Weltkriege geführt und die ungezählten Kriege, wer weiß wo in der Welt. Die hatten nur das eine Ziel, die Weltherrschaft zu erringen und zu erhalten.«

»Und was hältst du von einem Kompromiss?«

»Ich persönlich sehr viel, nur das amerikanische Volk nicht, angestachelt von einer Gruppe von Männern, die nichts anderes im Sinn haben.«

»Bis zur nächsten Wahl sind noch drei Jahre. Das ist genügend Zeit, um die amerikanische Seele wieder friedlich zu stimmen.«

»Warum denn, es ist doch alles bisher gutgegangen.«

»Für Amerika vielleicht, für den Rest der Welt aber nicht.«

»Was interessiert den Durchschnittsamerikaner der Rest der Welt?«

»Da hast du recht, nicht die Bohne. Es sei denn, die Weltherrschaft wird irgendwie infrage gestellt.«

»Wer will das schon?«

»Zwei Beispiele: China wird wieder kommunistisch. Sie haben die Aggressionen in Indien beendet, nachdem Indien auf die chinesischen Wünsche wirtschaftlicher Zusammenarbeit eingegangen ist. Da Indien militärisch viel zu schwach ist, musste man auf die chinesischen Wünsche eingehen. China ist dabei, auch die anderen umliegenden Länder in ein asiatisches Machtzentrum einzubeziehen. Das umfasst immerhin mehr als drei Milliarden Menschen.

Unabhängig davon bildet sich ein weiteres machtpolitisches Zentrum, nämlich Eurasien. Die von amerikanischen Politologen gefürchtete Zusammenarbeit zwischen Russland und Deutschland findet statt, und da nutzen keine Weltkriege wie in der Vergangenheit, auch keine vorübergehende Unterbrechung durch die Geldmafia.

Amerikas einziges Mittel dagegen wäre ein neuer Krieg, den man vielleicht auch mal richtig verliert. Du hättest ein, zwei Jahre Zeit, diese Entwicklung zu verhindern.«

»Du hast so viele Dinge gesagt, die ich erst einmal verdauen muss.«

»Lass dir Zeit, eine Ausnahme bleibt das indische Problem. Ich habe den indischen Präsidenten überredet, einen chinesischen Freundschaftsvertrag zu unterschreiben. Die chinesische Aggression ist damit erledigt.«

Der Lord denkt nach. An und für sich hätte er Harry die ganze Wahrheit, zum Beispiel über den Einfluss des Telepathers, sagen müssen. Wem hätte er damit aber gedient? Seinem Gewissen, sonst niemanden!

»Lordi, du hast mich ganz schön in die Zange genommen. Du magst ja recht haben. Vielleicht geht die Entwicklung ja in eine ganz andere Richtung. Aber zunächst: Hast du Lust, heute Abend mit uns zu essen?«

»Lust schon. Ist irgendetwas Besonderes?«

»Nein, nichts Besonderes. Du lernst meine Frau kennen, Julia, Mutter meiner drei fast immer lieben Kinder, und den Boss der Changer-Partei. Bringst du deine Frau mit? Es würde mich sehr interessieren, welche von den vielen Frauen, die da um dich herumgeschwirrt sind, du dir geangelt hast.«

»Gar keine. Ich bin solo geblieben. Allerdings habe ich vor Kurzem die Bekanntschaft mit einer interessanten Frau gemacht: Vater Chinese, Mutter Deutsche. Die würde ich gerne mitbringen, wenn du einverstanden bist – und sie natürlich.«

»Natürlich. Junges Gemüse?«

»Nein, kein junges Gemüse, sondern mein Alter.«

66

»Shin-Li, hast du Lust, mit mir heute Abend essen zu gehen?«

»An und für sich ja. Ist irgendetwas Besonderes?«

»Ja, wir sind beim amerikanischen Präsidenten eingeladen.«

»Du liebe Zeit, beim Präsidenten? Wie kommst du zu der Ehre?«

»Wir sind Freunde von früher.«

»Ah, Freunde von früher. Willst du mir ein bisschen davon erzählen?«

»Da gibt es nicht viel zu erzählen. Wir haben uns an der Uni kennengelernt. Ich hab das Bankwesen studiert und er Politik. Er wollte schon damals Präsident werden.«

»Er ist Präsident geworden. Aus reinem Zufall?«

»Glaub ich nicht. Allerdings hat ihn die Realität eingeholt. Er kann nicht wirklich tun und lassen, was er will. Zum Beispiel diese Indiengeschichte: Da möchte er so schnell wie möglich raus. Doch es gibt andere in Washington, die die Situation weiter ausschlachten wollen.«

»Was wollen die denn noch? Die können doch alle froh sein, mit einem blauen Auge davongekommen zu sein.«

»Es gibt da Leute, die denken wie vor zweihundert Jahren. Damals entstand die Idee, die Welt zu beherrschen. Ein Teil von denen will dabei zusätzlich noch viel Geld verdienen. Das sind die Allerschlimmsten. Die lassen nicht locker trotz Vietnam, Irak, Syrien und Afghanistan.«

»Und was wollen die mit Indien?

»Die haben jetzt rein zufällig einen Brückenkopf, um von da aus Ostasien besser kontrollieren zu können.«

»Mit anderen Worten: Wir haben denen durch unseren Indien-Deal die Möglichkeiten gegeben, sich in Indien festzusetzen.«

»Da hast du ziemlich recht. Der Präsident ist allerdings dagegen. Ich werde daher versuchen, ihn von seiner Meinung zu überzeugen.«

67

»Es war eine richtig nette Gesellschaft. Julia erzählte von ihren drei Kindern, teilweise schon in der Pubertät und wie man als Eltern damit fertig wird. Und Shin-Li hat schon vier Enkelkinder. Zwei davon leben in Südtirol. Ihre Tochter hat einen Winzer geheiratet. Der hat eine italienische Mutter, sodass die Kinder dreisprachig aufgewachsen sind. Neben Chinesisch sprechen sie Deutsch und Italienisch.

Und Shin-Lis Sohn hat eine Australierin geheiratet – eine richtig hübsche, meint jedenfalls Shin-Li. Der hat mit seiner Frau einen Deal gemacht. Er habe von seiner Mutter Deutsch gelernt. Ob er mit seinen Kindern denn auch so sprechen dürfe? Natürlich durfte er. Shin-Li hat dadurch noch einmal zwei Enkelkinder, die dreisprachig aufwachsen.«

Der Präsident hatte außerdem noch zwei weitere Gäste: Winston, den Chef der Changer-Partei, und seine engste Mitarbeiterin Sandra. Der Lord kannte sie von früher. Er erinnerte sich an eine Sandra Lee, die er als Pin-up-Girl kennengelernt hatte. Er dachte ungefähr zwanzig Jahre zurück. Da war er in einer Bar gelandet mit lauter hübschen Mädchen. Aber die Hübscheste, glaubte er sich zu erinnern, hieß Sandra Lee oder so ähnlich. Er bemühte sich um sie, bekam aber einen Korb. Zweimal noch hatte er die Bar aufgesucht, immer mit demselben Resultat. Danach gab er es auf.

Die beiden Frauen führten ein angeregtes Gespräch über ihre Kinder und Enkelkinder. Sandra gesellte sich dazu. So blieben die Männer unter sich.

Bevor man zum aktuellen Thema kam, zur Politik, sprach man über dies und jenes. Der Präsident fing an.

»Sag mal, Winston. Hast du deine Augenoperation hinter dich gebracht und ist alles gut gelaufen?«

»Ja, alles vorzüglich. Ich sehe jetzt wie ein normaler Mensch. Ich konnte vorher nur ungefähr 75 Prozent erkennen. Da kam ich einigermaßen gut mit aus. Jetzt sehe ich die Welt, wie sie wirklich ist. Das ist ein herrliches Gefühl.«

Als der Lord für einen Moment allein mit Winston war. »Meinen herzlichen Glückwunsch zur Augen-OP. Du hast außerdem eine attraktive Frau mitgebracht. Hast du was mit ihr?«

»Nein, nein. Sie könnte meine Mutter sein. Nein, sie ist die Managerin unserer Partei, ein Multitalent. Angefangen hat sie einst als Pin-up-Girl, danach arbeitete sie als erfolgreiche Bäuerin, bis ich sie per Zufall kennenlernte. Ich habe ihr den Manager-Job angeboten und damit einen Volltreffer gelandet.«

»Wenn du von deiner Partei sprichst und der attraktiven Managerin, sollten wir die Gelegenheit nutzen, intensiv mit dem Präsidenten darüber zu reden.«

»Der Präsident ist für unsere Partei. Es wird schwierig für ihn sein, sich bei der nächsten Wahl zu behaupten.«

»Habt ihr in eurer Partei mal über die Mexikanisierung des amerikanischen Volkes nachgedacht?«

»Bisher nicht. Außer in einigen Südstaaten ist doch bisher alles gut gelaufen. Wir holen am besten Sandra mit dazu, die weiß über dieses Problem viel besser Bescheid. … Sandra, kommst du mal eben und berichtest dem Lord von deinen Erfahrungen mit den Mittel- und Südamerikanern?«

»Ja, gern. Ich habe eine Zeit lang in der Landwirtschaft gearbeitet, in Ohio. Die Landschaft ist da voller riesiger Betriebe und die brauchen natürlich ziemlich viel Personal. Doch welcher US-Bürger arbeitet noch in der Landwirtschaft mit miesem Lohn? Kaum jemand! Da nimmt man lieber Latinos aus Guatemala oder Nicaragua. Täglich kommen welche und betteln geradezu um Arbeit.

Wer welche bekommt, erhält einen Hungerlohn, aber immer noch mehr als in seinem Heimatland. Es ist gerade genug, um sich und seine Familie zu ernähren. Sofort bekommen sie auch Kinder. Denn jeder in den USA Geborene erhält automatisch die US-Staatsbürgerschaft. Die Eltern dürfen dadurch dauerhaft bleiben. Die kommen sogar bis Ohio, also ziemlich hoch in den Norden.«

Der Lord wird ganz nervös. Soll er Sandra von seinen erfolglosen Versuchen von damals etwas erzählen? Lieber nicht. Er ist jahrzehntelang prima ohne Frauen ausgekommen. Jetzt bietet ihm der Zufall gleich zwei attraktive Frauen an. Also erst einmal sortieren: Shin-Li sieht für ihr Alter noch sehr gut aus, wirkt sehr elegant und ist ungeheuer intelligent. Sandra ist ein ganz anderer Typ, eben die Bardame mit einem Schwarm von Männern. Und intelligent scheint sie auch zu sein, zumindest nach der Aussage von Winston zu urteilen. Mal abwarten, was sie noch zu berichten hat.

»In Kalifornien und Texas bilden die Latinos bereits die Mehrheit und in den anderen Staaten ist es nur eine Frage der Zeit.«

Der Lord denkt nach: Darüber habe ich noch gar nicht nachgedacht. Da fällt mir ein, dass es doch zum Plan von Stefan und Sven gehört, die USA zu zwingen, mehr für die lateinamerikanischen Länder zu tun, sicherlich aus demselben Grund. Sandra wird bestimmt noch mehr dazu sagen. Ich warte am besten einfach mal ab.

Sandra fährt tatsächlich fort.

»Meine Partei und auch ich sehen das so. Washington pumpt viel Geld in diverse lateinamerikanische Staaten. Warum? Um die Staaten nach Amerikas Pfeife tanzen zu lassen: Je ärmer, desto gefügiger ist das Land. Somit ist das vielleicht eine Lösung für den Moment, auf die Dauer aber völlig falsch. Viele halten es in Ihrem Land nicht mehr aus. Welche Alternativen bieten sich da an? Natürlich nur eine einzige: die Flucht in die USA.

Unsere einzige Chance nicht völlig latinisiert zu werden, ist es, diesen Ländern wirklich zu helfen, nicht durch Gelder für irgendwelche Minister, sondern um die Strukturen im Land völlig zu verändern.«

Der Lord wieder: »Was meinst du mit Strukturen?«

»Weg von den Monokulturen! Manche Länder leben nur von Bananen, manchmal gut, meistens aber schlecht.«

»Und wie will man das ändern?«

»Diese Länder brauchen eine Mittelschicht statt wenige Superreiche und einen bitterarmen Rest, durch mehr Handwerker und eine Kleinindustrie, um den täglichen Bedarf selbst zu produzieren statt alles importieren zu müssen. Da so etwas nicht von selbst geht, braucht man Fachleute – von uns.«

»Und haben wir die?«

»Einige schon, aber längst nicht genug. Dafür müsste man extra bestimmte Studiengänge einrichten. Auch das geht nicht von selbst, es muss richtig organisiert werden.«

»Und das ist euer Parteiprogramm? Damit wollt ihr die Mehrheit bekommen? Obwohl ich euer Programm sehr gut finde – das schafft ihr nie, weil die immer älteren Amerikaner gegen jede Art von Änderung sind.«

Der Lord sinniert weiter: Da bin ich jahrzehntelang ohne Frauen ausgekommen und jetzt stehen zwei davon auf der Matte, beide völlig reserviert. Ob die mich beide zu alt finden? Zumindest eine davon hätte etwas mehr Interesse andeuten können. Doch nichts von dem, komisch! Früher konnte ich mich kaum vor Frauen retten. Und jetzt treten da zwei als völlig Reservierte auf. Die eine, elegant aber voll weiblich, irgendwie zum Vernaschen. Und die andere genau dasselbe Kaliber. Da keine von ihnen Interesse zeigt, ist meine Bewertung aber eigentlich völlig egal – mir aber doch nicht, da meine Aufmerksamkeit geweckt ist, ob ich will oder nicht. Und nun sind beide auf derselben Party: die eine immer noch im Gespräch über Kinder und Enkelkinder und die andere im Kampf gegen die Latinisierung Amerikas.

Da ich mit Kindern und Enkeln nicht viel anfangen kann, beschäftige ich mich auch mit der Mexikanisierung. Da hatten die auf Lanzarote sicher dasselbe Thema und Ziele, aber etwas anders. Sandra will ein anglikanisches Amerika und die in Lanzarote wollen ein Amerika ohne Weltherrschaftsallüren. Lanzarote arbeitet an einem System, mit dem sie die Amerikaner durch Telepathie automatisch zu ihrem Glück zwingen, während Sandra den Weg über Wahlen sucht. Das Lanzarote-System finde ich wirkungsvoller – wenn es funktioniert.

Er entscheidet sich schließlich, die Party zu verlassen. Die beiden Frauen, die ihn interessiert haben, beschäftigten sich mit Kindern und Wahlen und nicht die Bohne mit ihm. Das Gespräch mit dem Präsidenten führt er ohnehin besser allein, ohne Party. In der Zwischenzeit will er sich um Lanzarote kümmern.

68

Auf Lanzarote geht alles seinen gewohnten Gang. Renate erfreut sich weiterhin an Luiza. Sie wird schon bald mit ihrem Roman fertig sein und plant bereits den zweiten. Renates Gedanken drehen sich ständig um das kleine Mädchen. Sie spricht auch mit den Eltern über sie und mit der Lehrerin. Alles mit Luiza läuft überraschend gut. Hoffentlich bleibt es dabei.

Die Jungs haben den letzten Schliff fertig, was die USA anbelangt. Der Lord denkt darüber nach, ob es sinnvoll wäre, den amerikanischen Präsidenten über die Telepathie-Pläne zu unterrichten. Im Großen und Ganzen decken sich schließlich ihre Vorstellungen, auch wenn das amerikanische Fußvolk sicherlich anders denkt. Doch auf das Fußvolk kommt es an. Also lässt er den Präsidenten erst einmal außen vor.

Das Fußvolk soll also telepathisch bearbeitet werden. Wenn die beiden Jungs ihre Sache gut gemacht haben, müsste alles wie geschmiert laufen.

Die ersten Resultate sind schon erfolgt. Es sind tatsächlich Ausschüsse gebildet worden, um erst einmal jeweils einem Land in Mittel- und Südamerika zu helfen und das Land zu verändern. Wenn das funktioniert, kommt das nächste Land dran.

Auch Shin-Li ist wieder auf Lanzarote, dem einzigen Ort in Europa mit Menschen, die sie kennt. Sie geht alle in Gedanken durch. Da ist erst einmal Annie, eine echte Freundin, die sie noch von früher kennt. Die anderen aus dem Lanzarote-Team findet sie alle nett. Ihre Gedanken sind nun beim Lord. Sie hat ihn nur gelegentlich getroffen und nur einige Worte mit ihm gewechselt. Was macht eigentlich dieser Engländer in der Gruppe? Ob er wohl ein wirklicher Lord ist? Oder ist das nur sein Spitzname? Sie beschließt, Annie danach zu fragen.

»Genaueres weiß ich über ihn auch nicht. Anscheinend ist er tatsächlich ein Lord. Aber er ist auch Ami.«

»Und wie ist er zu euch gekommen?«

»Er war genauso wie wir gegen die Geldmafia. Dadurch sind wir so etwas wie Freunde geworden.«

»Das klingt sehr kurios: ein englischer Ami in einer Gruppe von Deutschen!«

»Die Nationalität spielte bei uns nie eine Rolle. Hekli zum Beispiel, Riekes Freund, ist Isländer.«

»Das klingt gut. Und weißt du noch etwas über den Lord?«

»Ja, zum Beispiel hat er ziemlich gute Beziehungen zu den Leuten in Washington.«

»Ziemlich gute? Er hat mich zu einem Essen beim US-Präsidenten eingeladen!«

»Du liebe Zeit! Solche Beziehungen habe ich ihm gar nicht zugetraut. Und wie war es?«

»Fürchterlich langweilig. Die First Lady hat mich völlig in Beschlag genommen und die ganze Zeit nur über ihre Kinder gesprochen.«

»Und mit dem Lord hast du da gar nicht gesprochen?«

»Nein, gar nichts.«

69

»Sag mal, Lord«, beginnt Annie »Du hast Shin-Li doch mit zum Präsidenten genommen, dich aber überhaupt nicht um sie gekümmert.«

»Das ist fürchterlich schiefgelaufen. Die Frau des Präsidenten hat Shin-Li von Anfang an in Beschlag gelegt. Obwohl ich versucht habe, auch was so sagen, bin ich gar nicht zu Wort gekommen. Ich bin dann weggegangen, konnte aber Shin-Li nicht mitnehmen, da der Redefluss der First Lady nicht zu bremsen war.«

»Und wie willst du das wiedergutmachen?«

»Da habe ich schon drüber nachgedacht. Was hältst du davon, wenn ich sie noch einmal zum Essen einlade? Wir ganz allein!«

»Das halte ich für eine sehr gute Idee.«

70

Jetzt habe ich zwei Frauen kennengelernt. Beide sehr attraktiv, aber doch ganz unterschiedlich. Die eine, die Halbchinesin, ist ziemlich ruhig, aber mit einer gewinnenden Art, die mich irgendwie fasziniert. Und die andere ist das interessante Pin-up-Girl geblieben. Nach langem Überlegen habe ich mich für die Chinesin entschieden. Das hört sich gut an. Aber wie soll ich das realisieren? Ich bin doch jahrzehntelang ohne Frauen ausgekommen. Ich hatte nicht mal Zeit genug, um all mein Geld zu verwalten. Jetzt tauchen da plötzlich zwei auf. Erst einmal habe ich mich für eine entscheiden müssen. Das ist mir ja gottseidank gelungen. Und was mache ich mit der? Essen gehen? Schon zum zweiten Mal? Fällt mir denn nichts Besseres ein? Vielleicht die Freiheitsstatue besichtigen? Oder New York von oben ansehen, vielleicht vom Empire State Building aus? Dort kann man auch essen. Oder sogar mit einem Flugzeug? Warum willst du das eigentlich? Bist du etwa verknallt? In deinem Alter?

Er denkt zurück an seine Jugend. Was hat er da gemacht? Als Erstes das Mädchen geküsst! Dann ist alles so seinen Weg gegangen. Und was macht er jetzt? An und für sich wäre Küssen ja das Allernaheliegendste. Aber er beschließt, gar nichts zu unternehmen und den Dingen einfach seinen Lauf zu lassen.

Shin-Li nimmt die Sache selbst in die Hand. Sie fällt ihm um den Hals und küsst ihn, richtig herzlich und mehrere Male sogar. Und seine Reaktion? Er nimmt sie noch einmal in den Arm und hört gar nicht mehr auf, sie zu küssen. Dann schlendern sie durch Manhattan wie ein junges Liebespaar.

»Hast du Hunger? Ja? Dann lass uns doch ein passables Restaurant suchen.«

»Ich wüsste da eins.«

»Sag mal, hast du dich auf den Besuch vorbereitet?«

Vieles geht ihm da durch den Kopf: Ich lerne ganz besondere Eigenschaften an ihr kennen – Eigenschaften, die ich liebe. Sie geht nicht planlos in irgendetwas hinein wie ich. Ja, ich werde den Dingen ihren Lauf lassen. Damit bin ich doch bis jetzt ganz prima gefahren! Ich glaube übrigens nicht, dass du der Typ bist, der den Dingen seinen Lauf lässt. Nur diesmal warst du dir nicht ganz im Klaren darüber, was dich wohl erwarten würde. Ich bin mir allerdings sicher, dass die Dinge in deinem Sinne gelaufen sind. Wenn ich darüber so nachdenke, hätte es gar nicht besser laufen können!

71

Auf Lanzarote wird Abschied gefeiert. Corona X ist so gut wie besiegt und Amerika ist friedlich geworden.

Rieke ist ein wenig melancholisch. »Ihr Jungs habt eure Sache gut gemacht. Ich konnte ja nicht viel dazu beitragen. Aber ich habe mir vorgenommen, ein Buch über Lanzarote zu schreiben, zusammen mit Luiza. Die Fotos habe ich ja schon. Wichtig waren für mich die früheren Lavafelder, die durch die Bewässerung überall grün geworden sind durch Bäume, Sträucher und viele, viele Blumen.

Man kann natürlich kein Buch nur mit Bildern machen. Weil mir aber bei den Texten nicht viel eingefallen ist, habe ich Luiza um Hilfe gebeten. Und die hat so viele wirklich interessante Vorschläge. Wenn das Buch fertig ist, wird es also zwei Autorennamen tragen. Luiza wollte ihren Namen gar nicht. ›Ach, das bisschen Geschreibsel‹, hat sie gemeint. Wichtig seien vor allen Dingen die Bilder. Ich hab ihr gesagt: ›Was du ein bisschen Geschreibsel nennst, ist wie das Salz in der Suppe. Ohne das schmeckt nichts. Also dein Name bleibt.‹«

Die Jungs sind stolz auf ihr Amerika-Werk. Rieke wundert sich: »Man merkt davon überhaupt nichts.«

»Soll man auch gar nicht. Das ist das Besondere daran.« Sven.

»Das erklärt mir mal genauer!«

»Die Infiltration der Gedanken geht nur langsam voran. Es trifft zwar die gesamte US-Bevölkerung, aber betroffen sind eigentlich nur 70 Prozent.«

Rieke. »Warum das denn?«

»Das hat schon seinen Grund. Wenn 100 Prozent davon betroffen sind, merken die Aufnahmefähigen, dass da getrickst worden ist. Bei nur 70 Prozent kommt man indes nicht so leicht darauf.«

»Und was sollen die 70 Prozent bewirken?«

»Die sollen die Changer wählen.«

»Und wozu wäre das gut?

»Die Changer sind für das Ende der Armut in den mittel- und südamerikanischen Ländern und das Aus für Banden, Korruption und Schusswaffen.«

»Das Aus für Schusswaffen würde auch Nordamerika guttun.«

»Das haben die Changer auch vor.«

»Und mit 70 Prozent will man das alles erreichen?«

»Das wäre ein langsamer Prozess. Es geht unter anderem darum, die Latinisierung der USA zu verhindern, aber nicht nur. Letztlich geht es um ein besseres Leben aller Amerikaner.«

»Und das erreicht ihr durch eure Infiltration der Gedankenwelt aller Amerikaner. Ähm, nein, von nur 70 Prozent?«

»Ja, es ist ein langsamer Prozess, den man gar nicht bemerkt, auch die amerikanischen Wissenschaftler nicht, die andernfalls die ganze Tour vermasseln würden.«

72

»Liebe Rieke, erinnerst du dich noch an die Zeit, in der wir uns kennengelernt und uns plötzlich ineinander verliebt haben?«

»Ziemlich genau sogar! In dem Zusammenhang fällt mir gerade was ein.«

»Hoffentlich nicht dasselbe wie mir: dass es langsam Zeit wird zu heiraten? Das hat auch seinen Grund: Meine Arbeit in Deutschland ist mehr oder weniger abgeschlossen. Es ist doch darum gegangen, die Welt von der Geldmafia zu befreien. Das haben wir mittlerweile erreicht. Mir wird jetzt eine Professur in Reykjavík angeboten und ich müsste mich entscheiden. Heirate mich einfach.«

»Dann müsste ich also in Island leben? Da sind doch nur zwei Monate Sommer und der Rest der Zeit ist es nur kalt!«

»In etwa, ja. Aber in Wirklichkeit ist es ganz anders. Das moderne Leben hat sich an die klimatischen Bedingungen angepasst. Ich schlage dir daher vor, wir versuchen das für einige Monate. Entweder du gewöhnst dich an das Leben dort oder wir ziehen nach Lanzarote. Da arbeite ich mit Stefan und Sven an einem neuen Projekt und du schreibst dein nächstes Buch mit Luiza.«

»Die Zusammenarbeit mit Luiza habe ich sehr genossen. Aber was hättest du denn mit Stefan und Sven vor?«

»Das Projekt Amerika haben wir doch abgeschlossen. Das Resultat zeigt sich jedoch frühestens bei der nächsten Wahl dort. Wenn die Changer die Wahl gewinnen – und ich bin sicher, sie tun es –, war unsere Arbeit richtig. Ich habe nun ein neues Projekt: das Ende der Bürokratie insbesondere in Deutschland, aber auch im Rest von Europa und in der ganzen Welt.«

»Und das könnte euch gelingen?«

»Da bin ich mir sicher. Wir machen das so wie bei dem US-Projekt. Das ginge auch nur ganz langsam. Niemand wird dahinterkommen, dass das eine gezielte Telepathie-Aktion ist.«

»Hast du schon eine Idee?«

»Nicht die geringste. Aber davon, dass das gelingen kann, bin ich überzeugt. Gib uns die Zeit, darüber nachzudenken.«.

73

»Lordi, sag mal. Mit Frauen hast du nicht viel im Sinn, stimmt's?«

»Wie kommst du denn da drauf?«

»Na ja, du warst doch noch nie verheiratet?«

»Nein, leider oder zum Glück.«

»Was denn nun davon?«

»Na ja, Shinny, wenn ich so zurückdenke, hatte ich in jungen Jahren fast jeden Tag eine andere.«

»Wow! Und war niemals die Richtige dabei?«

»Doch, schon. Aber die Sucht, fast jeden Tag eine andere haben zu müssen, hat mich dermaßen beansprucht, dass ich die Chance, bei der Richtigen hängenzubleiben, einfach verpasst habe. Irgendwann kam mir die Erkenntnis, mit diesem Lotterleben besser aufzuhören. Ab da waren die Frauen für mich tabu.«

»Und abgesehen von deinem Liebesleben – hast du auch mal was gelernt? Hast du überhaupt einen Beruf?«

»Ausnahmsweise, ja. Ich habe Jura studiert und bin als Rechtsanwalt in Washington und New York registriert.«

»Da bin ich ja beruhigt. Dadurch könntest du eine Frau ernähren, oder?«

»Da muss ich dich enttäuschen. Ich habe als Rechtsanwalt noch nie gearbeitet.«

»Du liebe Zeit! Und wovon lebst du?«

»Das ist ein besonderes Thema. Da können wir irgendwann mal in Ruhe drüber reden.«

»Gut, wenn du nichts Besonderes vorhast, schlage ich dir etwas Billiges vor, nämlich einen Spaziergang durch den Central Park.«

»Einverstanden. Ich liebe deine kostensparenden Vorschläge.«

Er wartet schon am Eingang des Parks. Sie eilt auf ihn zu, schlingt ihre Arme um seinen Hals und küsst ihn ausgiebig. Er macht den Eindruck, ziemlich verdutzt zu sein. Dann nimmt er sie plötzlich in den Arm und hört gar nicht mehr auf, sie zu küssen. Er hat gedacht, über genügend Erfahrung zu verfügen. Aber einen so zärtlichen Kuss hat er noch nie erlebt.

Sie denkt: Mensch, was küsst der gut!

Dann nehmen sie sich bei der Hand und schlendern durch den herrlichen Park. An einem Restaurant bleiben sie stehen.

»Hast du Hunger?«

»Ich habe riesigen Hunger.«

»Was isst denn so eine Eurasierin?«

»Alles, was gut schmeckt. Meinen Mann habe ich auf all seinen Auslandsreisen begleitet. Dadurch habe ich das Essen in vielen Ländern kennengelernt. Und es hat immer gut geschmeckt, meistens sogar vorzüglich.«

»Ich habe gehört, dass du die letzten Jahre in China verbracht hast. Da hast du zwangläufig Chinesisch essen müssen. Das muss schwer für dich gewesen sein, da du doch so viel internationales Essen kennengelernt hattest.«

»Überhaupt nicht. Die chinesische Küche bietet so viele Möglichkeiten. Die Art des Essens ist zwar anders, aber es gibt alle Köstlichkeiten. Ich lade dich gern zu einer Reise nach China ein, damit du alles kennenlernst, auch das, was anders ist.«

»Du lädst mich also zu einer Reise nach China ein? So etwas habe ich ja noch nie erlebt!«

»Ist das wirklich eine Überraschung für dich. Oder tust du nur so? Na ja, lass uns mal über Geld reden. Wie sieht das mit deiner Wohnung aus? Können wir da zu zweit drin leben? Ich brauche eine Wohnung mit mindestens drei Zimmern.«

»Wozu brauchst du denn drei Zimmer?«

»Erklär ich die später mal. Nehmen wir an, du sorgst für eine vernünftige Wohnung, dann komm ich fürs Essen auf. Hoffentlich hast du eine passable Krankenversicherung!«

»So einigermaßen ist die schon. Willst du noch mehr wissen?«

»Natürlich, ich brauche deine Adresse! Ich muss doch wissen, wo und wie du wohnst. Ich glaube dir nämlich fast gar nichts mehr.«

»Oh, das ist schlimm. Hast du ein Stück Papier und einen Kuli?«

»Hast du keine Karte? Jeder einigermaßen Vernünftige hat doch eine Karte.«

»Doch, doch. Ich habe eine Karte. Den Namen habe ich allerdings weggelassen. Den braucht niemand zu wissen. Die Adresse stimmt aber.«

»Da steht was von Palace drauf.«

»Stimmt. Das sind mal ganz vornehme Häuser gewesen. Jetzt sind sie allerdings völlig vergammelt. Dadurch habe ich eine vornehme Adresse, aber die Miete ist ungeheuer billig.«

74

Shin-Li gibt dem Taxifahrer die Karte. »Sagt Ihnen die Adresse was?«

»Klar, das ist die vornehmste Gegend der Stadt. Und den Lord kenn ich auch. Das ist der einzige Lord in New York. Jedenfalls kenn ich sonst keinen.«

»Und was macht der Lord so?«

»Da bin ich überfragt. Höchstwahrscheinlich das, was alle reichen Leute so tun: Sie arbeiten daran, ihr Geld weiter zu vermehren.«

Das Palace ist ein riesiges Haus, picobello in Ordnung und von einem prächtigen Garten umgeben. Vor dem riesigen Eingang steht ein Mann in Uniform, höchstwahrscheinlich der Butler oder etwas Ähnliches.

»Sie sind bestimmt Lady Shinny. Seine Lordschaft wartet schon auf Sie.«

Seine Lordschaft, ihr Lordi, kommt ihr entgegen, nimmt sie vor der versammelten Belegschaft, die plötzlich um sie herumsteht, in den Arm, und hört gar nicht auf, sie zu küssen.

Shin-Li ist über alle Maßen erstaunt. »Warum

hast du niemandem gesagt, dass du zur Upper Class gehörst?«

»Wem hätte das schon genutzt? Ich habe mit normalen Menschen zusammengearbeitet. Wir hatten dasselbe Ziel, uns von der Geldmafia zu befreien und mein Heimatland von dem Wahnsinn zu befreien, die Welt beherrschen zu wollen. Beides ist uns gelungen. Und das werden wir feiern: mit unserer Hochzeit mit all unseren neuen Freunden.«

»Ah, du willst mich also heiraten! Hast du mich eigentlich schon gefragt?«

»Brauchte ich doch nicht. Als du mit der Geldverteilung angefangen hast, wer also das Essen und wer die Miete zahlt, habe ich das als Quasi-Heiratsantrag empfunden. Damit war mir klar, dass ich dasselbe nicht noch einmal zu machen brauchte. Wir heiraten übrigens in London in der Westminster Abbey.«

»Westminster Abbey? Die ist doch nur für Könige!«

»Nicht nur, auch der Hochadel, zu dem gehöre ich nun mal, heiratet in dieser Kirche. Nach der Hochzeit verschwinden wir sofort, lassen aber alle anderen feiern.«

»Und wen willst du dazu alles einladen?«

»Ein Muss ist der Hochadel, der kommt mit mindestens 200 Personen, dann meine ganze Verwandtschaft aus England und den USA und viele

Freunde einschließlich dem Präsidenten der USA und der First Lady. Dann das Team aus Lanzarote einschließlich Luiza mit ihren Eltern und alle, die dabei geholfen haben, die Geldmafia zu besiegen. Außerdem die Oma von Friederike, die vorausgesagt hat, dass die Geldmafia verschwindet. Und natürlich alle deine Freunde und Verwandten.«

»Da gibt es nicht viele: meine Eltern und meine Kinder mit Anhang. Mehr wüsste ich nicht.«

Als Erstes kommt der Präsident der Vereinigten Staaten zusammmen mit der First Lady. Die nimmt sofort die Braut in Beschlag und flüstert ihr ins Ohr: »Ich muss dir von Madeleine berichten. Weißt du doch? Das ist meine älteste Tochter. Sie geht noch zur Schule und ist jetzt schwanger. Sie will das Baby behalten, obwohl sie sich nicht daran erinnern kann, wer der Vater ist.«

Der Lord blickt durch die Menschenmenge.

»Suchst du irgendjemand Besonderes?«

»Ja, Riekes Oma. Die hat mit ihrem sechsten Sinn vorausgesagt, dass alles in der Welt gut werden wird. Ich möchte mich bei ihr dafür bedanken.«

»Und bei Luiza. Die hast du doch auch eingeladen. Warum eigentlich?«

»Ja, warum eigentlich? Weil sie so ein besonderer Mensch ist, als kleines Kind schon so aufgeschlossen, fast unheimlich! Sie würde ich ganz besonders herzlich begrüßen. Doch jetzt ist sie nicht da.«

»Doch, dahinten steht sie, ganz schüchtern und eingeengt durch so viele Erwachsene.«

»Ja, jetzt sehe ich sie. Ich werde den Butler bitten, sie zu uns herüberzutragen.«

75

Luiza kommt aus dem Staunen nicht heraus. »Es sind so viele Menschen hier. Und die Leute, die euch beglückwünschen wollen, nehmen kein Ende. Da habe ich es gar nicht gewagt, zu euch zu kommen. Ich wünsche euch alles erdenklich Gute und seid immer lieb zueinander!«

»Versprochen, wir wollen immer lieb zueinander sein. Was hast du denn da noch in deinen Händen?«

»Meine Geschenke für euch. In der linken Hand habe ich das erste Exemplar meines Buchs und in der rechten eine englische Übersetzung, da ihr Spanisch ja nicht könnt.«

»Und du hast das selbst übersetzt? Ich wusste gar nicht, dass du Englisch so gut kannst. Wo hast du das denn gelernt?«

»Bei uns im Kindergarten. Da sind so viele Kinder, die nur Englisch sprechen. Von denen habe ich das mit der Zeit gelernt. Allerdings nur wie ich das gehört habe. Weil ich damals noch nicht zur Schule ging, weiß ich nicht wie es geschrieben wird. Deshalb habe ich die Übersetzung nach dem Gehörten geschrieben.

»Es wird für uns eine besondere Freude sein, Englisch mal so zu lesen, wie es tatsächlich gesprochen wird. Das wird ein echtes Erlebnis.«

»Das hat mein Papa auch gesagt. Dem habe ich die englische Übersetzung gezeigt und ihn gefragt, ob ich sie euch geben darf. Er hat spontan gesagt, ihr würdet euch da bestimmt darüber freuen.«

Und wie wir uns über Luizas Übersetzung gefreut haben, ganz besonders Shinny.

Aber natürlich auch über die gelungene Hochzeit!

Und worüber noch?

Dass es keine Welt-Beherrscher mehr gibt.

Und keine hungernden Kinder mehr.

Eine Welt mit nichts als Frieden.

Ob das so bleibt?

Bereits erschienen

Die Großväter und der Vater des Autors mussten in den beiden Weltkrieg kämpfen. Er selbst erlebte als Kind den Zweiten Weltkrieg mit all seinen Grausamkeiten. Er hasste den Krieg und alle, die daran beteiligt waren.

Dieses fabelhafte Märchen entwickelt sich gemeinsam mit der Liebe zwischen Annie – dem Mädchen, das einfach alles schaffen kann – und dem Wissenschaftler Sven, der den ganzen Rest erledigt. Zusammen mit ihren Freunden aus Wirtschaft und Politik drehen sie die Welt in die richtige Richtung und retten die Menschheit damit vor sich selbst.

Dies ist die Geschichte eines kleinen jungen Mädchens, das als Baby von zwei amerikanischen Soldaten vor dem Hungertod gerettet wurde und dann auf den Philippinen eine glückliche Kindheit erleben durfte. Erst später lernte sie ihre Mutter kennen und danach auch ihren Vater –
alles in Liebe.
Sie erlebte eine Entführung in China, wurde Kinderärztin in Deutschland und Mutter von drei quicklebendigen Kindern.
Und dann noch der Wegfall der Atombombe!
Die Völker fingen tatsächlich an, sich zu mögen.
Alles in allem ist dies eine schöne
und interessante Geschichte.